双葉文庫

口入屋用心棒

夕焼けの甍

鈴木英治

目次

夕焼けの甍　口入屋用心棒

第一章

一

田光屋《たみつや》のあるじ清蔵《せいぞう》が元は侍で、殺し屋の倉田佐之助《くらたさのすけ》と同じ道場に通っていたというのはわかっている。

それ以外に樺山富士太郎《かばやまふじたろう》がつかんでいるのは、御家人の部屋住だった清蔵が口入屋の婿となり、最初の連れ合いの死後、阿佐吉《あさきち》というやくざの親分の妹を女房にし、二人の娘をもうけたことだ。

清蔵が、佐之助に殺しの依頼をしていたらしいのもわかっている。清蔵は口入屋だから、どこからか依頼を受け、それを佐之助にまわしたのだろう。

もっとも、佐之助がじかに仕事を受けていたわけではなく、恵太郎《けいたろう》という佐之助の幼なじみがあいだに入っていた。

恵太郎はすでに死んでいる。湯瀬直之進《ゆせなおのしん》の木刀の一撃を首に受けたのだ。そのことで、佐之助は直之進に対し強烈な復讐心を抱いているはずだ。自らの手で直之進の首をねじ切りたい、ときっと考えている。

直之進のことが大好きな富士太郎は、佐之助の動きが気になって仕方ないが、今考えるべきは、誰が田光屋一家を惨殺したか、ということだ。

十日前、田光屋清蔵と妻、幼い二人の娘は家のなかで何者かに殺害された。店の土間で清蔵が刃物で一突きにされたところから、犯人が清蔵に招き入れられたのは確かだろう。それゆえ、顔見知りの犯行だったのでは、という推測はついている。

田光屋の顔見知り。それも、直之進の出身である沼里《ぬまざと》に関係している者が絡んでいるのはまずまちがいない。

田光屋が殺されたのは、直之進もいっていたが、なんらかの口封じによるものと富士太郎はにらんでいる。田光屋に依頼した先を手繰《たぐ》られてはまずい、と考えた者がいたというわけだ。

直之進の役に立ちたくてならない富士太郎は中間の珠吉《たまきち》とともに、田光屋と沼里の関係にしぼって、探索を続けている。

富士太郎は南町奉行所の定廻り同心だが、見習からあがってまだ間もない。最初は珠吉からも頼りないとずいぶんないわれようだったが、なにごとも経験で、最近では同心としてそれなりにさまになってきたと自分では考えている。

それで満足したら終わりなので、富士太郎は同心としてさらなる成長をしたいと願っていた。

「それで旦那、どこに行くんですかい」

歩きながら珠吉がうしろからきいてきた。

「そうだね、同業が一番いいだろうね」

「もうだいぶまわりましたけどね」

「まだ残っているんだろう？」

「ええ、いくつか。でも今残っているのは、田光屋とつき合いがあったなどといえないようなところばかりですよ。同業の集まりや宴会などで、顔を合わせたことがある程度の者たちばかりで」

「それでも、一度くらい田光屋と話をしたことがあるかもしれないんだろう？だったら、なにか田光屋からきいているかもしれないじゃないか。そういうのが手がかりにつながるかもしれないよ」

足をはやめた珠吉が、富士太郎を見あげるようにした。

「旦那、ずいぶんとたくましくなってきましたねえ」

「そうかい」

富士太郎は少し顔をしかめた。

「どうしてそんな顔、するんです。あっしはほめたんですよ」

「おいらは、できたらたくましくなんて、なりたくないんだけどねえ」

「どうしてです」

いいながら、珠吉がさとった表情になる。

「体がたくましくなったら、まさか湯瀬さまが振り向いてくれなくなるかもしれない、なんて考えているんじゃないでしょうね」

「その通りだよ。女形みたいにほっそりとしていたほうがいいんじゃないかって、おいらは思ってるんだよ」

「あっしは体のたくましさじゃなく、心のほうをいったんですけどね。——でも旦那」

珠吉の声が少しかたいものになった。

「湯瀬さまのことはあきらめたほうがいいと思いますよ」

「えっ、どうしてだい」

富士太郎は驚いて珠吉を見た。

「いや、そんなにびっくりするようなことじゃないですよ。だって、湯瀬さまは男に興味はないようですから」

「今はそうだね」

富士太郎は逆らわなかった。

「おきくちゃんとおれんちゃんのどちらかが好きなのかもしれないし、まだご内儀に未練があるのかもしれないね」

おきく、おれんというのは米田屋という口入屋の双子の娘だ。

米田屋《よねだや》のあるじは光右衛門《みつえもん》というが、直之進と光右衛門の親しいつき合いがはじまったのは、直之進が用心棒をつとめたことが縁だ。

直之進の内儀というのは千勢《ちせ》という女で、沼里で直之進と暮らしていたのだが、半年以上も前、惚れた男を殺した男を追って、一人、江戸に出てきたのだ。

千勢の好きな男を含めて三人を闇討ちにしたのは、佐之助であるのがわかっている。

佐之助に殺された三人は、富士太郎が直之進にきいたところによれば、末席家老とその家臣、末席家老に警護役としてついていた使番ということだ。

三人が殺されたこの事件の背景にあるのは沼里家中の勢力争いらしいが、使番の藤村円四郎《ふじむらえんしろう》という男が千勢の想い人だったのだ。

千勢が失踪したとき、直之進はその理由がわからず、妻を追って江戸に出てきた。

すでに千勢の居どころは知れている。直之進と千勢の二人が元の鞘におさまる様子は、今のところうかがえない。

「でも、きっといつか湯瀬さまをおいらのものにしてみせるよ」

富士太郎は決意をあらわにいった。

「あっしは無理だと思いますよ。湯瀬さまはなにしろあの通りの男前ですし、なにも旦那に走らずとも、女のほうが放っておかないでしょうから」

「なにも旦那にってのはなんだい、珠吉」

「気に障《さわ》ったんなら、許しておくんなさい。でも、はやいところ、すっぱりあきらめたほうがいいのはまちがいないですよ。それにほら、旦那、この江戸は男のほうがはるかに多いですから、別に湯瀬さまでなくても、旦那に振り向いてくれる男など、いくらでもいますよ」

「珠吉は、おいらがそんな移り気だと思っているのかい」

「一途なのもいいんですけど、湯瀬さまのことを考えると、どんなに想ったところで無駄としか思えないものですから……」

「いいよ、もう。珠吉、この話はおしまいだよ。仕事に精だすよ」

二人は話をきき残した同業者、田光屋によく求人をだしていた店、清蔵の友人、清蔵がよく飲みに行っていた煮売り酒屋など、さまざまな者に話をきいてまわった。

結局はなにもつかめず、日が暮れていった。

「ああ、珠吉。今日も終わっちまうねえ」

「そうですね」

真冬のことで、西の空はきれいな夕焼けに染められている。江戸の町に橙色の光が射しこみ、町屋の屋根や道を鮮やかに照らしだしている。

それとは逆に、せまい路地や軒下などのそこかしこに闇のはじまりというべき暗さが漂い、夜がすぐそこまで迫っているのを富士太郎にはっきりと教えた。

「珠吉、引きあげようかね」

「ええ、そうしましょう」

珠吉はさすがに疲れた顔をしている。元気とはいっても、じき六十だ。一日中歩いていればこたえないわけがない。

富士太郎と珠吉は、数寄屋橋御門内にある南町奉行所に戻ってきた。

「ゆっくり休んでおくれよ」

「はい、ありがとうございます。では、これにて失礼します」

大門《おおもん》と呼ばれる表門を入ってすぐのところで、富士太郎は珠吉とわかれた。珠吉は奉行所内の中間長屋に住んでいる。


翌朝はやく、八丁堀の組屋敷に珠吉がやってきた。冷えた朝で、富士太郎は布団を出るのがつらかった。

珠吉はかなり急いだようで、玄関のなかで白い息をぜえぜえと吐いている。

「大丈夫かい、珠吉」

富士太郎は思わず声をかけた。

「大丈夫ですよ。年寄り扱いしないでおくんなさい」

「そうはいっても、心配だよ。今にも倒れそうな顔色しているもの」

「大丈夫ですよ。それよりも旦那、あっしが一所懸命に駆けてきたのは、与助《よすけ》さんが殺されたからですよ」

「与助？　そいつは誰だい」

「岡っ引ですよ」

富士太郎は腕を組み、首をひねった。

「知らないねえ」

「ああ、旦那はそうかもしれないですねえ」

「その与助という岡っ引は、どこを縄張にしてるんだい」

「麻布のほうです。谷町とか御《お》箪笥《たんす》町ですよ」

「誰が手札を」

「山中《やまなか》さまですね」

「山中さまか」

辰八郎《たつはちろう》という名の富士太郎の同僚だ。辰八郎は最近、病に伏しており、ここ半月以上、奉行所に出仕してきていない。

「それよりも旦那、はやく支度してくださいな」

「ああ、そうだったね」

寝巻きのままだった富士太郎はあわてて自室に戻り、着替えをした。最後に黒羽織をはおる。

「場所はどこだい」

屋敷の門を出てすぐ富士太郎はたずねた。

「与助さんの縄張の麻布です。市兵衛町とのことでしたよ」

富士太郎は頭に絵図を描いた。

「けっこうあるね」

「ですので旦那、ちょっと走りましょう」

「走るのはいいけど、珠吉、大丈夫かい」

「大丈夫ですって」

富士太郎はそれ以上いうのはやめた。心配は心配だが、珠吉は決して強がってはいないのだ。大丈夫というからには、大丈夫なのだろう。

朝日が家々の低い屋根のあいだから顔を見せ、いく筋もの光が道に射しこんできている。

その光を背中に受ける形で、富士太郎と珠吉は道を急いだ。

顔にあたる風が冷たかったが、しばらくすると体が熱くなり、頰もほてってきた。

やがて息が切れ、喉が痛くなってきた。脇腹も痛い。

走っているのが苦痛になってきたが、前を行く珠吉は息を切らしながらも必死に足を前に運んでいる。若い自分が負けてはいられなかった。

背中にかなりの汗がにじみ出てきたのを感じた頃、富士太郎は道の先に野次馬らしい人垣を見た。

「あれですね」

珠吉が足を運びつつ指をさす。うん、とうなずきを返して富士太郎は最後のひとがんばりだよ、と自らにいいきかせた。

「ちょっと通してくれないか」

珠吉が声をかけると、富士太郎の黒羽織を認めた野次馬の壁が崩れた。

まだほかの同心は来ていないようで、野次馬と横たわった死骸をわけているのは、麻布市兵衛町の町役人《ちょうやくにん》たちだ。

「ご苦労さまです」

年かさの町役人が富士太郎と珠吉に挨拶する。ほかの者も深々と頭を下げた。

「これかい」

死骸には筵《むしろ》がかけられている。富士太郎はかがみこみ、筵をはいだ。

むっ、と顔をしかめた。

与助は胸を切り裂かれ、おびただしい血のなかで死んでいた。とうに血はかたまってはいるものの、さびた鉄のような生臭さがあたり一面に広がっている。

富士太郎は胸が悪くなりそうだった。

「すごいね」

気持ち悪さをなんとか噛み殺していった。富士太郎の目は、仰向けに横たわっている与助の胸に釘づけになっている。

与助はすさまじい袈裟の一太刀で殺されていた。左の肩先から入った刃は、あばらを次々に両断して右の腰骨近くまで到達している。

「おや」

富士太郎は眉をひそめた。この殺し方は最近、見たことがある。

珠吉を見あげる。珠吉が富士太郎の考えを読んだように、うなずきを返してくる。

「佐之助じゃないですか」

残虐な犯行で町人を怖れさせていた押しこみ強盗が、八日前、因幡屋《いなばや》という金貸しに押し入った。五名の賊にとって運が悪かったことに、因幡屋では佐之助を用心棒として雇っていた。その五名は佐之助によって一刀のもとに殺されたのだ。

今、眼前に横たわる与助の傷は、あの五名に残された傷とまったく同じだった。

さすがは凄腕だ。これならなんの痛みもなく、与助はあの世に旅立っただろう。今でも死んだことに気づいていないかもしれない。

富士太郎は立ちあがった。どうして岡っ引が佐之助の手にかかって死ななければならないのか。

「この仏さんの身元はわかっているんだね」

富士太郎は年かさの町役人にきいた。

「はい、御簞笥町の親分さんです」

「どうして正体を知っているんだい。ふつう、岡っ引は正体を隠すものだろう？」

「ふつうの人ならそうききますね」

その口調には、与助の死に対する同情は感じられなかった。

「与助はふつうじゃなかった、とでも？」

「まあ、そうですね」

「どういうところが？」

町役人は小腰をかがめた。

「それは手前の口から申しあげられるようなことではございません」

「おいらたちで調べろっていうのかい」

「いえ、そういうわけではございませんが、すぐにおわかりになると思います」

富士太郎と珠吉は田光屋の一件はあとまわしにすることにし、与助殺しの探索を開始した。

町役人のいう通りで、あまり評判のいい岡っ引でないのが即座に知れた。

岡っ引というのは、裏の探索を行う者だ。身分を隠して犯罪者のあいだに入りこんで探索を行う以上、常に死の危険にさらされる。十手を携行しないときもあるし、携行するときも懐に隠し持っているもので、効果が期待できるときのみちらつかせる。

むろん、手柄をあげてもおおっぴらに喜ばず、岡っ引が自らの正体をさらすことはほとんどないのだが、与助の場合は町役人のいう通り、ふつうとはちがった。

自ら岡っ引であることを公言し、十手を振りかざしては商家などをいたぶって、金を巻きあげるのを常としていた。

ということは、だいぶうらみを買っていたのではないか。

与助は、そういう者の依頼を受けた佐之助に殺された、ということなのかもしれない。

二

「おはよう」

湯瀬直之進は米田屋の暖簾を払った。

「ああ、湯瀬さま、いらっしゃいませ。おはようございます」

土間から一段あがった畳敷きのせまい間《ま》から華やいだ声をあげたのは、若い娘だ。

この店のあるじ光右衛門の娘とは、にわかには信じがたい器量よしだ。双子の姉のほうだった。

「おきくちゃんだな」

最近は声だけでなく、ちょっとした仕草でも妹のおれんとのちがいがわかるようになってきている。

背の低い帳場格子を押しひらくようにし、おきくは土間のそばに出てきて正座した。

「湯瀬さま、ようこそいらしてくれました」

「ああ、使いはもらった」

さっき同じ長屋に住む太一《たいち》という男の子に、米田屋が呼んでいると伝えられたのだ。

「私が湯瀬さまのところにうかがうつもりでいたのですが、ちょうど店の前を太一ちゃんが通りかかってくれたものですから」

「駄賃をもらって、あいつも喜んでいたよ」

畳敷きの間には火鉢が置いてあり、炭が勢いよく弾けている。弾けるたびに細かい火の粉があがり、おきくが火箸をつかって炭をなだめた。

「しかしおきくちゃん、本当か」

直之進は信じがたい思いでたずねた。

「はい、本当です。おとっつあん、風邪を引きました」

「重いときいたが？」

「まだ寝こんで二日なのですが、ずっと伏せったきりです」

「医者は？」

「来てもらっています。安静にして、ちゃんと薬を飲めば大丈夫といってくれていますけど、おとっつあん、もう歳ですし、私も心配でなりません」

直之進はおきくの案内で、店の奥に入った。

光右衛門は自分の部屋にいた。目は覚ましていて、ちょうどおれんに粥を食べさせてもらっているところだった。部屋には、薬湯のにおいがかすかにしている。

部屋に入ってきた直之進を見て、布団の上に正座しようとした。

直之進は、かまわんよ、と押しとどめた。光右衛門のかたわらに腰をおろす。

「なんだ、起きられるんじゃないか」

「やっとですよ」

光右衛門がしわがれ声でいう。

もともと声の質のよくない男ではあるが、ふだんは響きがあってきき取りにくくはない声だ。だが、今は耳を澄まさないとよくわからなかった。

「粥が食べられるのなら、もう治りつつあるのではないのか」

「そんなことはございませんよ」

少し肩を落とすようにして息をした。そんな仕草も大儀そうな父親を、おれんが心配そうに見ている。

「この粥は、ここ二日でようやく、はじめて口に入れることのできたものですよ」

「そんなに食べていなかったのか」

直之進は光右衛門を見つめた。確かにだいぶやつれている。細い目はまぶたが力なく垂れ下がっているためにさらに細く見え、横に張りだしたえらあたりの肉もすっかり落ちて、頬骨が突きだしたように目立っている。厚い唇に囲まれた口も、少し小さくなったように感じられた。

「それでは、おぬしの食事が終わるまでちと待つことにしようか」

「湯瀬さま、朝餉は召しあがったのですか」

うしろからおきくにきかれた。

「まだだ」

太一が長屋にやってきたときは、ちょうど起きようとしていたところだったのだ。以前にくらべ、ずいぶんと朝寝坊をするようになった。その怠惰な感じが、直之進は正直、いやではなかった。

「でしたら、召しあがっていってください」

「まことか。そりゃ、助かる」

腹の虫がさっきから、ぐーぐー鳴っていたのだ。

おきくが台所そばの部屋に箱膳を手ばやく用意してくれた。膳の上にのっているのは、ほかほかと湯気をあげている飯に納豆、たくあん、梅干し、わかめの味噌汁というものだった。

「お粗末なものですけれど、どうぞ、お召しあがりください」

「粗末なんてとんでもない。朝からこれだけのものが食べられるなど、なんてついているんだろう、と思うよ」

実際、どれも実にうまかった。三杯の飯を遠慮なくおかわりし、二杯の茶を喫してから直之進は光右衛門の部屋に戻った。

光右衛門も食事を終え、白湯を飲んでいた。冷えないようにどてらを羽織っている。

「白湯っていうのはうまくないですなあ。お茶を飲みたいですけれど、寝られなくなってしまいますからね。若い頃は茶の一杯くらいで寝られないなんてことはなかったですけど、やっぱり歳は取りたくないですねえ」

風邪っ引きとは思えない長広舌でぼやく。

「それで、今日は？」

光右衛門と向かい合うように座った直之進はさっそくたずねた。

「ああ、それです」

光右衛門が枕元に湯飲みを置く。

「湯瀬さまに、また手前の代わりをつとめていただきたいのですよ」

「おぬしの代わり？　つまり、また得意先や新たな店をまわれ、と申すのか」

「まわるだけじゃ駄目ですよ。注文を取ってきてほしいのです」

どうしようか、と直之進は思った。侍である以上、さすがにあまり乗り気にはならない。

だが、光右衛門やおきく、おれんにはひとかたならぬ世話になっている。

それに、乗り気にならないとはいっても、商売のおもしろさというものを、得意先まわりは実感させてくれる。これまで知らなかったいろいろな人たちと出会え、話ができるというのも実に楽しい。

直之進は顎をなでた。

「もしかしたら、これは風邪ではないのかもしれません」

光右衛門の口から弱気な言葉が漏れる。顔はひどく赤い。いきなり、げほげほと咳きこんだ。

「もう長くないのかもしれません」

「馬鹿を申すな」

直之進は一喝した。

「おぬしは百まで生きるさ」

「いくら手前でも、そこまでは生きられませんよ」

「いや、おぬしならきっと大丈夫さ。米田屋、寝てていいぞ。しっかり養生してくれ」

病で濁っている光右衛門の目がかすかに輝いた。

「では？」

「ああ、外まわりのほうはまかせておけ。おぬしが伏せっているあいだ、たくさん注文を取ってきてやる」

直之進としては田光屋殺しを調べたい気持ちはあるが、そちらは富士太郎にまかせてある。

今は光右衛門たちに恩を返すときだろう。

「ありがとうございます」

光右衛門が深く頭を下げる。

「今日からまわったほうがよいのだな」

「はい、できますれば」

「どのあたりをまわったほうがよいとか、なにか指示はあるか」

「ここ三日ばかりどこもまわっておりませんので、できましたら近場からはじめていただけると助かります。他の同業の者たちが入ってきていないか、それも確かめていただけますか」

「やはり気になるか」

「それはもう。これまで手前が攻めこむばかりでしたけれど、こうまで体の自由がききませんと、気ばかり焦って困ります」

「よし、わかった」

直之進は光右衛門に顔を近づけた。

「それで米田屋、肝腎の代のことだが」

一日一朱ということで話がまとまった。安いといえば安いが、直之進はさして気にならなかった。その上、朝夕二食を食べさせてくれるというのだ。それだけで十分すぎるほどありがたかった。

ただ、光右衛門自身、気が差したようで、少し考えたあとにいい足した。

「たくさん注文をもらってきていただけましたら、そのときよけいに支払う、ということでいかがです」

「弾んでもらえるのだろうな」

「もちろんでございますよ」

直之進はさっそく外まわりをはじめた。両刀は腰に差したままだ。

佐之助のことが頭にある。いつあの凄腕の殺し屋が襲いかかってくるか、わかったものではない。

商人《あきんど》の真似ごとをするといっても、刀を帯びないなどできるはずはなかった。

三

鉄三《てつぞう》が手ふきの包みを差しだす。

「こちらが後金です」

佐之助は軽くうなずいてから、受け取った。

「ありがとうございました。本当に助かりました。心のつかえが取れたような気がいたします」

両手をそろえた鉄三が、畳に額をこすりつける。

佐之助は、元飯田町にある口入屋の犬塚屋《いぬづかや》にいた。一番奥の部屋だ。どこか弱い陽射しが障子に当たり、庭の木々の影をうっすらと映しだしている。風が少しあるようで、木々は左右に揺れている。

刻限は七つをすぎていた。火鉢が置かれているが、部屋のなかは薄ら寒さが漂っている。

佐之助は背中のほうが少し冷たかった。

「仕事だ」

素っ気なくいった。手ふきの包みを解き、なかを確かめる。

小判の包み金が一つ入っていた。

「確かに」

佐之助は手ふきで包み直し、無造作に懐に押しこんだ。

「また頼みたくなったら、いつでもつなぎを取るがいい」

佐之助は店を出た。途端に喉のうずきを感じた。どうしてか、最近、夕暮れ間近になると酒が飲みたくてならなくなっている。

こんな調子では殺し屋としてどうかと思うが、どうにもならない。

ただ、そのあたりの煮売り酒屋ならともかく佐之助が行きたいと願っている店は、まだはじまっていない。どこかでときを潰さなければならない。

小腹が空いていた。元飯田町を出て、牛込御門を目指した。

門を抜け、堀を渡る。神楽坂をのぼり、道をまっすぐ進む。やがて右に折れ、牛込築地片町を通りすぎて牛込水道町に入る。

目についた一軒の蕎麦屋の暖簾を払った。ほとんど客のいない座敷に陣取り、ざる蕎麦を二枚、頼んだ。

すぐにざる蕎麦はやってきた。あまり期待していなかったが、けっこういけた。麺には腰があり、つゆもだしがきいていてうまい。蕎麦湯もつゆでのばして飲んだら、胃の腑にしみ渡るくらいうまかった。

店が空いているのはたまたまなのだろう。

満足して蕎麦屋を出た佐之助は、上空を見あげた。

薄い雲がかかっている。あと四半刻もしないうちに西の空からその姿を消してしまう太陽の光は、さらに弱いものになっている。

これならちょうどいいか。独りごちて、佐之助は足を進めた。

向かったのは、音羽町にある料永《りょうえい》という料亭だ。

佐之助が店の前に着いたときには日は完全に没し、料永の入口に掲げられている大きな提灯には灯が入れられていた。

明かりが路上に淡くにじみだしており、そのなかに足を踏みだすのを佐之助は一瞬、ためらった。

ほかの客たちがぞろぞろと入ってゆく。意を決して佐之助はうしろに続き、足を踏み入れた。

俺は客なのだ、と自らにいいきかせる。今さらこそこそしても仕方がない、という気持ちがあった。

なにしろここで働いている千勢は、俺を捜していたのだ。自分の前から姿を消した亭主ということにして。

佐之助はすでに亭主になったつもりでいる。

千勢は今も、俺の人相書を持っているのだろうか。それを客たちに見せているのだろうか。

店の奉公人たちは何度もその人相書を見せられたはずなのに、佐之助にはまったく気づかず、部屋に案内した。

適当に酒と肴を注文してから、女中に紙包みを渡した。中身は一分だ。

「千勢さんを呼んでくれるか」

一瞬、佐之助の顔をうかがうような表情をしたが、承知いたしました、と女中は腰障子を閉めて去った。

かなりの客が入っているようで、そこかしこから談笑の響きや低い笑い声などが届く。三味線の音《ね》もきこえる。

果たして千勢がやってくるかどうか、佐之助は落ち着かない気分で待った。心の臓がどきどきしているのには、正直、戸惑いを隠せない。

一分の威力はかなりのものだったらしく、待つほどもなく千勢は座敷にやってきた。

「失礼いたします」

腰障子をあけ、箱膳を抱えて部屋に入ってきた。

お待たせいたしました、といったん畳の上に置く。そこではじめて客の顔を見た。

　はっとし、体をかたくする。

「そんな顔をしていないで、そこを閉めたらどうだ」

　腰障子があいたままになっている。

　目を怒らせて千勢が静かに閉めた。なんとか怒りを抑えようとしている。

「元気そうではないか」

　佐之助の軽口に、千勢はなにも答えなかった。唇を引き結び、佐之助を瞬きしない目で見つめている。

　千勢は湯瀬直之進の元妻だ。直之進のもとから姿を消したのは、自分の想い人だった沼里家中の藤村円四郎を殺した犯人を江戸で捜す、という理由だった。

「どうした、ご亭主のお出ましだぜ」

　佐之助は笑いかけた。

「あまりに久しぶりで、顔を忘れちまったか」

　箱膳を置いた途端、千勢は自分の目がどうかしたのか、と思った。そこにいるのが佐之助であるとは到底信じられなかった。

どうしようか。

佐之助にいわれて障子を閉めたときには、心は決まっていた。ここは黙って相手をするしかない。

町方役人を呼んだとしても、どうにもならない。そのあいだに佐之助は黙って姿を消すだけだろう。

それに、町方役人ではこの男の相手にならない。殺されてしまうかもしれない。

直之進がいれば、と思ったが、それはないものねだりでしかない。

千勢は懐に短刀をのんでいる。うまく酔わせられれば、殺せるかもしれない。

それしかない。千勢はなにげなさを装い、ちろりを手にした。

「飲みますか」

佐之助が目を丸くした。

「珍しいこともあるものだな」

日傭取《ひようとり》が一日の仕事を終えてようやくありついた酒のように、佐之助は喉を鳴らして飲んだ。

千勢は、まさかこんな飲み方をするとは思っていなかったので、思わずまじまじと見つめてしまった。

「どうした」

千勢は、いえ、と首を振った。

「杯はやめますか」

「湯飲みのほうがありがたいが、こういう店ではそぐわんだろう」

千勢は、ひたすら佐之助の杯を満たし続けた。佐之助は肴にはほとんど手をださず、杯を干してゆく。

この調子なら、と千勢は思った。さしてときを置くことなく酔い潰れるはずだ。

しかし佐之助は、一向に酔ったように見えなかった。

酔い潰して刺し殺す、などというのはできることではなかった。

四つ目のちろりを手にしたまま、千勢は佐之助をにらみつけるしかなかった。

「どうした。もう酒はおしまいか。この程度の酒では俺は酔わんぞ」

千勢はかすかに唇を噛んだ。そんな顔を見せるのも我慢がならず、すぐにふつうの表情に戻した。

「誰の依頼で三人を殺したのです」

不意に自らの口から問いが放たれた。千勢は自分でも考えていなかったことで、少し驚いた。

三人というのは、沼里家中の末席家老夏井与兵衛《なついよへえ》、夏井の家来の古田左近《ふるたさこん》、そして千勢の想い人だった藤村円四郎だ。

円四郎は使番で、殺された晩は夏井の警護についていたのだ。沼里でもきっての遣い手と謳われていた。

「いえるはずがなかろう」

佐之助が手酌で酒を注ぐ。

「大橋民部《おおはしみんぶ》さまですか」

民部は国元で筆頭家老をつとめている。

「かもしれんな」

佐之助がにやりと笑う。

「そんな名をきいた覚えもあるような気がするが、正直にいえば、依頼者が誰かは知らんのだ。すべて恵太郎が受けていたのでな」

佐之助が取り潰された御家人の部屋住だったというのはわかっているが、恵太郎もまったく同じ身分だった。

二人は幼なじみで、佐之助が殺し屋になったとき、恵太郎は仕事を取り仕切る側にまわったらしい。

恵太郎の名が自らの口から出て、佐之助の顔に少し寂しげな色がよぎったのを千勢は見た。

ちくりと胸が痛む。いったいどうして。千勢はその感情に戸惑った。

そういえば、と思いだした。前にも似たようなことがあった。

思わず千勢は胸を押さえた。私はいったいどうしてしまったのだろう。

四

「珠吉、それにしても寒いねえ」

今日は朝から風が強く、その風のせいで寒さはぐんと増している。寒がりの富士太郎にとって、拷問も同然だった。

「旦那、定廻りがそんな弱っちいことをいっちゃあ、いけませんや。旦那はこれからもずっと役目を続けていかなくちゃならないんですぜ。冬がもっと深まって、吹雪の日だってあるかもしれないんですよ」

「そうなんだよねえ」

富士太郎は、ため息とともに言葉を吐きだした。

「これからまだ寒くなるんだよねえ。はやく春が来ないかねえ」

「だから旦那、それが弱っちいっていってるんですよ。そんなことといっていると、よけい寒くなりますよ」

「そうだろうかね。どこかで甘酒でも飲みたいねえ。珠吉、一休みしないかい」

富士太郎はむしろ珠吉のためにいった。

この頑固な中間は、富士太郎がいわない限り休もうとしないのだ。顔は寒さでこわばっているし、鼻の頭は真っ赤で、唇は青い。

「旦那がそういうんなら、休みましょうか」

二人は近くの茶店に入った。風の来ない奥の縁台に腰をおろす。

富士太郎は甘酒を二つ頼んだ。

小女《こおんな》がすぐに持ってきてくれた。

「ありがとうね」

おいしそうだねえ。富士太郎はさっそく飲みだした。それを見て珠吉もいただきます、と口をつける。

「うまいねえ」

ほんのりとした甘みが口中を満たす。かすかな酒の香りが心地よい。体をじんわりとあたためてくれる。

「本当においしいですねえ」

珠吉が目を細めている。そうしていると、隠居した年寄りのようだ。

五十九なので、とうに隠居していておかしくない歳なのだが、おととし、珠吉は跡継を急な病で亡くした。そのために隠居ができなくなってしまったのだ。

「珠吉は甘酒が好きなのかい」

「こんなにおいしいもの、きらいな人などいないんじゃないですか」

「まあ、そうかもしれないねえ」

富士太郎は一杯目を飲みほすや、すぐに二杯目を頼んだ。珠吉にもう一杯飲ませてあげたかったし、すぐに頼まないと飲み終えた珠吉が出ましょう、といいかねないからだった。

珠吉の唇はまだ青いままだ。もう少しこのあたたかな茶店で休ませてやりたい。

二杯目も珠吉はうまそうに飲んだ。

珠吉の顔に血色が戻ってきているのを見て、富士太郎は幸せな気持ちになれた。

二杯目を飲み終えたときには、体は十分すぎるほどあたたまっていた。

「さあ旦那、仕事に戻りましょうか」

珠吉の声には生気が感じられる。いつもの響きのよさを取り戻していた。

「ああ、そうしようかね」

富士太郎は代を払い、茶店の外に出た。途端に寒風が体に巻きつき、甘酒からもらったばかりのあたたかさを一瞬にして奪っていった。

「ひゃあ、やっぱり寒いねえ」

「旦那、元気をだしていきましょう」

富士太郎は、珠吉とともに与助殺しの探索を続行した。

与助の友人の一人に会う。

その男は蔬菜《そさい》売りの行商をやっているとのことだ。どこで与助と知り合ったのか頑として口にしなかったが、賭場だろうね、と富士太郎には察しがついた。

男は、与助が殺されたことはすでに知っていた。そのためかしんみりしている。

「最近、与助におかしなところはなかったかい。命を狙われておびえているようなところは？」

男が住む長屋の土間に立って、富士太郎はきいた。男は正座し、膝の上に握り拳を置いている。

「とんでもない」

顔をあげ、首をぶるぶると横に振った。

「おびえるどころか、与助のやつ、うきうきしていましたよ」

「どうしてだい」

「このところ、金まわりがよくなっていたんですよ」

「どうして金まわりが」

「それがわからないんですよ。もともと商家などから金をたかるなどしていたのは旦那方もご存じでしょうけど、どうもそんな小金ではないようでしたね」

「まとまった金が入ったというのかい」

「ここ最近、二度ばかり一緒に飲んだんですが、どうもあの羽振りのよさはそういうことじゃないですかねえ」

「金の出どころは？」

「さあ、そいつは知りません」

男が顔をしかめ気味にいう。

「あっしもきいたんですけど、教えてくれなかったですねえ」

「口はかたかったんだね」

「ええ、とても」

揺すっていたのではないか。富士太郎はぴんときた。うしろに控えている珠吉も同じだろう。

礼をいって、富士太郎は男の長屋をあとにした。

「珠吉、与助が誰かを揺すっていたのはまちがいないよね。大枚の金を払えるってことは、やっぱり身代の大きな商家かねえ」

長屋の路地を歩きながら、小さな声で珠吉にいった。

「それが一番考えやすいですけど、商家の隠居なんてのも考えられないわけじゃないですよ」

とにかく与助はなにかネタをつかみ、脅した。脅された者は金を払った。しかしついに耐えきれなくなり、佐之助をつかって与助の始末をした。

佐之助という一流の殺し屋をつかってでも、そのほうが安くついたということだ。

富士太郎と珠吉は、与助がよく金をたかりにまわっていたという商家を一つ一つ訪れた。

しかし、手がかりらしいものはなにも得られないままに刻限は昼をすぎた。

「珠吉、腹が減ったね。どこかで飯にしようかね」

「そうですね」

珠吉の声からはまたも張りが失われつつある。唇は午前より青くなっている。

「珠吉、なにが食べたい」

「旦那が好きな物でいいですよ」

富士太郎は、珠吉がなにが好物か、思いだした。烏賊《いか》が一番好きなはずだ。

しばらく歩き、一軒の一膳飯屋を指さした。

「ここにしようよ」

魚を焼いているらしい、いいにおいがしてきている。店は行商人たちなどで混み合っている。これはうまい証だろう。

富士太郎と珠吉は、座敷の奥のほうに案内された。衝立が立てられる。いくつかの火鉢が置かれた部屋のなかはあたたかく、風はまったく入ってこない。

「ああ、極楽だね」

富士太郎は、ほうと息をついた。

なんにいたしましょう、と小女にきかれた。くりくりっとした瞳を持つ、器量よしだったが、富士太郎はまったく惹かれなかった。

「烏賊はあるかい」

「焼いたものと醬油で煮つけたものがありますけど」

「おいらは焼き烏賊をもらおうかな。それと飯と味噌汁、漬物だね」

珠吉は煮つけのほうを注文した。

すぐにやってきた烏賊に富士太郎はかぶりついた。やわらかく焼いてあり、醬油の照りがある身はすぱりと嚙み切れた。ほのかに甘みが感じられ、生姜醬油に少しひたして食べると、実に美味だった。

「珠吉、おいしいねえ」

「ええ、とてもうまいですよ。やわらかく煮てあって、あっしみたいな年寄りにはぴったりですよ」

珠吉は輪切りにされている烏賊の身を、うまそうに口に持っていっては咀嚼している。

二人は満足して昼飯を食べ終えた。

「うまかったねえ」

代を払って富士太郎は道を歩きだした。風は相変わらずうなりをあげていたが、烏賊のうまさがたっぷりと舌に残っていて、今のところはさして気にならなかった。

「はじめて入った店でしたけど、いい店でしたねえ」

「当たりだったね。また来ようよ」

富士太郎は、この寒さに負けることなく道を行きかう町人たちを眺め渡した。そのなかに、一人の男の顔を思い浮かべている。

「今、直之進さんはなにをしているんだろうねえ」

会いたくてならない。

「さあ、どうしてるんでしょうね」

珠吉は素っ気ない。

二人は商家まわりを再開した。だが、午前と同じでなに一つ得られなかった。

夕刻になった。残照が西の空を染める頃になって、ようやく風はおさまってきた。

「ねえ、珠吉」

仕事を切りあげて奉行所に向かいながら、富士太郎はきいた。

「米田屋に行ってもいいかな」

「でも旦那、湯瀬さまがいらっしゃるかどうか、わかりませんよ」

「いないならいないでいいんだよ。それでおいらは満足できるから」

それにほら、と続けた。

「なんですかい」

「与助殺しは佐之助の仕業であることを伝えとかなきゃいけないだろ」

「まあ、それはそうですね。でも旦那――」

珠吉が見あげてきた。

「どうして米田屋さんなんですかい。湯瀬さま、長屋のほうかもしれませんよ」

「ふつうに考えればそうなんだけどさ、どうも米田屋にいるような気がするんだよ」

直之進が米田屋で飯を食べているのでは、という勘が働いている。

「旦那がそういうんなら、米田屋さんに行ってみましょうか」

「珠吉もつき合ってくれるのかい。番所は途中だから、帰ってもいいよ」

「いいですよ。帰っても、かかあしかいないですから」

直之進は米田屋で夕餉を取っていた。台所脇の部屋だ。

「ほら珠吉、いった通りだろ」

富士太郎はうれしくてならない。やはり、直之進とは太い糸でつながっているのだ。

「お二人も召しあがっていってください」

直之進に給仕していた娘がいった。富士太郎には、今もおきくとおれんの見わけがつかない。

「珠吉、どうする。いただいてゆくかい」

「旦那はどうします」

「おなかも減ったしねえ。いただいていこうかね」

食べていけば、直之進と一緒にいられるときが長くなる。

「じゃあ、そうさせてもらいましょうか」

富士太郎は娘を見た。

「あの、えーと、どちらなのかな。おれんちゃんかい」

「きくです」

「ああ、おきくちゃんだったのか。じゃあ、お言葉に甘えさせてもらうよ」

にっこりと笑っておきくが立ち、土間におりていった。

富士太郎と珠吉は運ばれてきた箱膳を前にした。

「あれ、そういえば米田屋さんはどうしたんです」

富士太郎は、鯖の塩焼きの身をほぐしている直之進にきいた。

「えっ、本当ですか。米田屋さんが風邪だなんて、今年の風邪は相当たちが悪いんですねえ。それがしも気をつけなくちゃ」

「旦那、さっそく見舞いましょう」

「そうだね」

二人が立ちあがりかけたところをおきくが制した。

「今、ようやく寝たところなんです。ですので、お気持ちだけいただいておきます」

「そうかい。じゃあしようがないね」

二人は箸を取り、食べはじめた。鯖の塩焼きがうまかった。脂がのりすぎていることもなく、塩加減も絶妙で、ご飯と実によく合った。

富士太郎は思わず三杯目のご飯をおかわりしそうになって、あわててとどまった。大食らいなところを直之進に見せたくない。

「ああ、おいしかった」

富士太郎は、茶を喫している直之進に控えめな視線を当てて箸を置いた。

「直之進さん、お話があるのですが」

「なにかな」

直之進が向き直る。

その端整な顔をまともに見て、富士太郎はきゅんとなった。胸に手を当て気持ちを落ち着けてから、与助殺しのことを話した。

佐之助の仕業ときいて、直之進の顔が引き締まる。

そのいかにも男らしい表情を目の当たりにして、富士太郎は見とれた。

「ちょっと旦那、もう話は終わりなんですかい。なに、ぽわーんとしているんです。駄目ですよ」

富士太郎ははっと我に返った。

「そうだったね。――今、それがしたちはその事件を調べているんです。もっと詳しいお話をしたいんですけど、今は手がかりらしい手がかりがないものですから、話そうにも話せないんですけどね」

「田光屋のほうは？」

「与助殺しを先にするというわけで、あとまわしですね」

「それがいいだろうな。どのみち佐之助を追いつめることができれば、田光屋のほうのけりもつくはずだ」

「直之進さんもそう思いますか。それがしの考えと同じですねえ」

富士太郎はまたも直之進をうっとりと見つめた。

今度は珠吉はなにもいわなかった。あきらめ顔をしている。

五

この男はどういう身分なんだろう。

平川琢ノ介《ひらかわたくのすけ》は、向かいに座りこんで水のように酒を飲んでいる男をじっと見た。

「どうかしたのか」

又太郎《またたろう》がきいてきた。

「いや、よく飲むなあ、と思ってな」

「そうかな。この店の酒がうまいからじゃないか。肴もいけるし」

又太郎は鰺のたたきを箸でつまんだ。そっと口に持ってゆく。

「うまいなあ」

にっこりと笑う。そのあたりに育ちのよさがあらわれているというのか、笑いに陰がまったくない。よほどまっすぐに育ってきたと見える。

琢ノ介たちがいるのは、光右衛門の幼なじみのやっている正田屋《しょうだや》だ。店は、小石川伝通院前陸尺《ろくしゃく》町にある。

「確かによく吟味されているな」

琢ノ介は杯をくいっとあけた。すかさず又太郎が注いでくれる。

「ありがとう」

琢ノ介は酒を一口なめてから、鯖の味噌煮に箸をのばした。

脂がおいしい。甘みがある。咀嚼して酒を流しこむと、そっと口のなかでほどけるように脂が溶けてゆくのが心地よい。

「うまいなあ」

又太郎と同じ声が出た。

今、琢ノ介は中西《なかにし》道場という牛込早稲田町にある町道場の師範代をつとめている。又太郎とは、その道場の門人の家が巻きこまれた火事を縁に知り合った。門人の子が燃え盛る家に取り残され、それを救うために琢ノ介は飛びこんでいったのだ。子供のところまでたどりついたまではよかったものの、煙に巻かれて琢ノ介の意識は朦朧とした。

そこにあらわれたのが又太郎だった。

又太郎もまた見ず知らずの子供を救うために、火のなかに飛びこんでくれたのだ。

もしあのとき、と琢ノ介は思った。又太郎が来てくれなかったら、わしはまちがいなく焼け死んでいる。今もこうして酒が飲めるということは決してない。

琢ノ介にとって又太郎は命の恩人なのだが、正体がわからない。浪人のようにも見えるが、暮らしに窮している感はまったくない。

なにか手に職を持っている様子も見えない。飄々と生きている感じだ。

琢ノ介としては、又太郎の正体を見極めたい気持ちが強い。

「なあ又太郎どの、きいていいか」

琢ノ介はちろりの酒を又太郎の杯に注いだ。おそらく歳は又太郎のほうが十近くは下のはずだが、琢ノ介としては呼び捨てにできない。これが器量というものだろうか。

「なにかな」

「おぬし、家族は？」

「父がいる」

「母上は？」

「だいぶ前に亡くなった」

「いつのことだ」

「五年前だな」

「母上の名は？」

「それはよかろう」

少しいいにくそうだ。

「おぬしの出身は？」

「前もいったな。江戸だ」

それは確かだろう。琢ノ介が今耳にしている又太郎の言葉は、歯切れのよい江戸弁だ。

「江戸のどこだ」

「それもよかろう」

「いえんのか」

「いえぬわけではないが、ちょっといいにくいな」

「いうと、おぬしの出がわかるからか」

「そうかもしれんぞ」

　こんな感じで、又太郎は肝腎なところは答えようとしない。

「琢ノ介どのはどうなんだ」

「どうなんだ、というのは？」

「出身は？」

「さる北国だ」

「それ以上のことは？」

「そいつはいずれ話す」

　又太郎がにっと笑う。

「俺と同じではないか」

　又太郎が酒をひとすすりし、喉の渇きを癒す。

「琢ノ介どの、ご内儀は？」

「いたが、病死した」

それをきいて又太郎が顔をゆがめる。本当に死を悼んでいる表情だ。

「もともと浪人ではないよな」

「ああ、さる大名家に仕えていた」

「それがどうして」

「ちょっといやなことがあってな、致仕《ちし》した」

「いやなこと？　どんな」

「それもそのうちだ」

「致仕したのはいつだ」

「二年前だ」

「致仕してどうだ。今のほうがいいんじゃないのか」

そうかもしれんな、と琢ノ介は酒を飲んでうなずいた。

「今のほうがよほど気楽なのは確かだな。人同士のつき合いの煩わしさがないのがとにかくいい」

「長いこと仕えていたのか」

「それはそうだ。これでも譜代の家臣だった。父が亡くなって出仕をはじめたから、およそ十二年、城中でなにをしていた」

「その十二年だな」

「それもよかろう」

「でも、つとめはきつかっただろう」

「まあな。侍というのは、つまらん仕事が一杯ある」

「それでも、そのつとめを一所懸命にこなしてゆくのが侍というものなんだろう。琢ノ介どのは、もともと大名家の侍には向いていなかったということではないのか」

「いわれずとも自覚している」

又太郎には不思議な魅力があって、琢ノ介は答えられるだけのことはすべて答えた。

ここまで詳しくは直之進にも話したことはなかった。もっとも、直之進は琢ノ介の深いところに突っこんでこようとは決してしない。いずれ話しだすのを待ってくれている、という雰囲気がある。

「琢ノ介どの、もう酒はやめにしよう」

「ああ、そうしよう」

実際、琢ノ介は眠くなっている。

座敷を出、土間におりた。代を割り前勘定にしようとしたところ、ここはそれがしが持つよ、と又太郎がいった。

「いや、それはまずい。この前もおごってもらったばかりではないか」

「それでもいいんだ」

又太郎は強引に支払った。

「今度はわしが払うからな」

「まあ、そうしてくれ」

暖簾を外に払って道に出ると、風はやんではいたが、大気は底冷えしていた。

琢ノ介は思わず、寒いな、とつぶやいた。

「琢ノ介どの、これからあたたまりに行かんか」

「あたたまりにってどこへ」

又太郎がにやりと笑う。

「男が男を誘うところといったら、酒場でなければあと一つだ」

琢ノ介はぴんときた。

「悪所か」

「その通り」

「いや、しかしわしはそこまでの金はない」

「金のことは心配せずともよい」

男としての欲望が頭をもたげてきた。代を持ってくれるというのだから、拒む理由などない。こういうのは、据え膳食わぬは、とはいわんのだろうな、と琢ノ介は思った。

又太郎が連れていってくれたのは、音羽町近くの寺だった。琢ノ介が見た感じでは、護国寺関係の寺ではないか、と思えた。

護国寺は五代将軍綱吉が生母桂昌院のために建てた寺なのに、やはり今の坊主たちは堕落しているとしか思えない。

「こちらにどうぞ」

小坊主と思える僧に案内されて、二人は寺の境内を歩いた。案内されたのは寮のようなつくりの建物だった。その一房一房に女がいた。

琢ノ介は又太郎の隣の房に落ち着いた。

又太郎が行くようなところだから、さすがに女郎の質はよかった。その点については、琢ノ介はうれしくてならない。

ただで上等の女が抱ける。この上なくありがたかったが、どこからそんな金が出ているのか、やはり琢ノ介には不思議だった。

女がしなだれかかってきた。そのやわらかな重みに琢ノ介は我慢がきかなくなった。

女をふかふかの布団の上に押し倒す。

女の着物の前をはだけたとき、一瞬、妻の面影が脳裏を横切り、少しうしろめたい心持ちになったが、死んだ女のことを考えても仕方がない、と琢ノ介は女の体に自らを沈めていった。

六

空はきれいに晴れ渡っているが、今日も風が強い。

直之進は、あまりの寒さに悲鳴をあげそうになっている体をなだめるようにして、必死に足を前へ進めていた。

こんなに冷たい風は沼里では味わったことがない。江戸の冬は厳しいときいてはいたが、ここまでとは正直思わなかった。

はやく春が来てほしいと思うが、あと二月《ふたつき》は無理だ。そのあいだ、ずっとこの寒さが続くのか。いや、もっと厳しくなるのかもしれない。

直之進は逃げだしたいような心持ちになった。

かといって、江戸を去るわけにはいかない。それに、寒さになど負けていられない。ここは踏んばって慣れるしかない。

直之進は外まわりの最中だ。次々に商家などをまわっては、求人の注文を取っている。

今のところは順調だ。注文は取れている。

いろいろな人と話し、楽しいことは楽しいのだが、やはり気にかかっているのは佐之助のことだ。佐之助が与助という岡っ引を殺したのは、誰かの依頼なのか。

そうとしか考えられない。

しかし、それは直之進が考えても仕方のないことだ。きっと富士太郎がうまく調べを進めるだろう。

直之進は仕事に精をだした。寒さを忘れるほどに熱中した。

さまざまな店に入ってゆくうち、だいぶ勘が戻ってきた。これまで光右衛門が入ったことがないのではと思えるような店に入ってゆくのも、平気になっている。

意外に話が弾んで、注文がすんなりと取れることも多い。自らの才を認めざるを得ない。

直之進は昼飯も取らず、商売にひたすら熱中した。腹が空いているのに気づいたのは、もう日暮れ間近だった。

ここで食べてしまったら、夕餉をつくって待ってくれているおきく、おれんの二人に申しわけない。

いろいろなところから流れてくる焼き魚や野菜を煮つけたにおい、獣肉を焼いているらしいにおいなどが漂ってきてそそられたが、直之進は必死に我慢して、米田屋のある小日向《こひなた》東古川町目指して歩き続けた。

日が暮れる前に小日向東古川町に戻ってきた。この町には、自分の住む長屋もある。

まだ時刻もはやいし、米田屋に行く前に長屋に行って掃除でもしてくるか、と思った。

長屋の木戸を入ったすぐの路地に、一つの小さな影がかがみこんでいた。

近づいてみると、太一だった。

声をかけると、影がぴょんと立ちあがった。

「ああ、直之進のおじさん」

路地の土に落書きでもしていたようだ。

「なんだ、どうしたんだ。元気がないな」

太一は無言だ。

「本当にどうした」

直之進がうながすと、太一がようやく話しだした。

「おっかさんの具合が悪いんだよ」

「医者には診《み》せたのか」

「今、来てるところ」

直之進は、自分が入っている店《たな》の向かいの店に目をやった。

「医者はなんと」

「まだわからない」

「風邪じゃないのか」

「咳がひどくて熱があるから、そうだと思うんだけど」

「そうか。お足のほうは大丈夫か」

太一は暗い顔になった。直之進は小さな肩を軽く叩いた。

「案ずるな。困ったら、いや、困る前に俺にいえ。できるだけのことはしてやれると思う」

「でも直之進のおじさんだって、暮らしは楽じゃないでしょ」

「楽ではないが、困ってもいない」

直之進は太一と同じ顔の高さになった。

「困ったときはお互いさまだ。俺も困ったときは太一に助けてもらう。だから、今は遠慮せず俺を頼れ。わかったな」

直之進が強くいうと、太一は明るい笑顔を見せた。

「うん、そうするよ。ありがとう、直之進のおじさん」

そのあと直之進は店の掃除をした。部屋が片づいたのを確かめてから、すっかり暗くなった路地に足を踏みだした。

もう太一の姿はなく、太一の店の腰障子にはあたたかな明かりがほんのりと映っていた。

医者は引きあげたようだな、と直之進は路地を歩きだした。

米田屋の近くまでやってきたとき、一人の影が行く手をさえぎるように出てきた。

直之進は身構えた。

「よお」

影が右手をあげた。

「商売に精をだしているそうだな。どうだ、注文はもらえたか」

佐之助だ。

「きさまが案ずることではない」

直之進は刀に手を置いた。

「なんだ、もうやる気か」

佐之助は真っ暗な道に自然に立っている。いかにも遣い手というものを感じさせるが、脇差一本帯びているわけではない。

「きさまはどうなんだ。やる気はないのか」

「この姿を見たら、わかるだろう。それに、やる気があるのなら、うしろから斬りかかっているさ」

佐之助が小さく笑った。

「おぬし、商売に一所懸命すぎて、しばらくうしろについていた俺に気づかなかったからな」

ぞっとした。もしそのとき斬りかかられていたら。

「湯瀬、ききたいことがある」

直之進は黙って待った。

「おぬし、女房をどうするつもりだ」

直之進は侍だから、本来ならご新造やご内儀というべきだろうが、佐之助はわざとぞんざいな言葉をつかっているのだ。

「このまま放っておくのか」

直之進に答える気はない。どうして佐之助などにいわねばならぬ。

「なぜ与助を殺した」

佐之助はかすかに笑みを浮かべただけだ。

「夏井さまたち三人を殺したのは、誰の依頼だ」

佐之助の笑みが広がる。

「同じことをきいてくるんだな。さすがに元夫婦だ」

直之進はこの言葉の意味を一瞬考えた。

「千勢もきいたのだな」

「おととい料永に飲みに行ったときな」

千勢は、佐之助が料永に来たことを伝えてきていない。これはどういうことなのか。

「なんだ、知らなかったのか」

佐之助が見くだす瞳をする。

「やはりおぬしら、元の鞘にはおさまれんようだな」

一瞬、安堵のような思いが佐之助の顔に浮かんだように見えた。直之進が確かめようとしたときには、佐之助はさっさときびすを返していた。

「それを確かめに来たのか」

直之進は斬りかかるかと考えたが、無駄でしかないのはわかっている。どうせ闇に紛れこまれるだけだ。

佐之助とは、やつがその気になったとき以外、勝負にはならない。

佐之助が深まりつつある闇に溶けてゆく。やがて完全に見えなくなった。

直之進は、全身に針が刺さったような苛立たしさを感じている。嫉妬かもしれない。

どういうことなのか、千勢にただしたい。どうして佐之助のことを知らせなかったのか。

今、千勢はどこにいるのか。料永だろう。

行くか、と考えたが、直之進は急に気疲れを覚えた。

ただしたところで、いったいなんになろう。腹もひどく空いている。

直之進は米田屋に足を向けた。

「お帰りなさい」

まだ出ていた暖簾を払うと、土間を箒で掃いていたおきくが明るくいった。

一段あがった畳敷きに行灯が灯され、淡い光を放っている。

その光に照らされておきくの顔がきらきら輝き、とても美しく見えた。

「ああ、ただいま戻った」

おきくが気がかりそうな表情になる。

「なにかあったのですか」

「どうして」

「いえ、そんな感じがするものですから」

「実をいえばな」

直之進は今そこであったことを語った。

「あの殺し屋があらわれたのですか」

おきくが直之進の全身に視線を走らせる。

「いや、どこにも怪我はない。やり合ったわけではないから」

おきくがほっと息をつく。

本気で案じてくれているのがわかり、直之進は心がうずくのを感じた。これはなんだ、と思ったが、答えははっきりしていた。

この娘を抱きたい、という思いだった。

七

探索にほとんど進展はない。

そのために富士太郎は疲労を覚えている。

「珠吉、こうなにもつかめないと、本当に疲れるねえ」

「旦那、そんなにぼやかないでください。まだ若いんですから、疲れなんてないでしょうに」

「体に関してはそうかもしれないね。心のほうだよ」

「一所懸命働いていれば、いずれ手がかりはつかめますよ。天上のお人はしっかり見てくれてますから」

「そういうものかねえ」

「そういうものですよ」

「でもおいら、一所懸命に働いたよ。それでも、手がかりはつかめないじゃないか」

「まだ働きが足りないということですよ」

「えっ、そうなのかい」

この仕事は好きで、天職だと思っているが、ここまで徒労が続くと、非番が待ち遠しくなってくる。

今度はいつだったか。つい三日前に取ったばかりだから、あと四日はない。

「長いね」

思わずつぶやいた。

「なにがです」

「なんでもない。独り言だよ」

「それで旦那、これからどうするんです」

「昼飯でも食わないかい」

「旦那、昼飯はさっきとったばかりじゃないですか」

富士太郎は、ええっ、と思った。

「そうだったかね。珠吉、おいら、なにを食べたんだい」

珠吉が苦笑を漏らす。

「旦那、安心してください。まだ食べちゃいませんから」

「なんだあ、ほっとしたよ。本当においら、頭がどうかしたのかと思っちまったよ。からかうなんて、珠吉も人が悪いね」

「あんまり疲れた疲れたっていうもんですから、ちょっと活《かっ》を入れてあげようと思いましてね」

「ごめんよ。もういわないよ」

二人は、目についた一膳飯屋の暖簾をくぐった。夜になれば、煮売り酒屋になる店のようだ。

二人は小女がお勧めという、まぐろの漬《づ》けにすったとろろ芋という組み合わせのものを頼んだ。

「旦那、とろろはいいですよ。精がつきますから、疲れも取れます」

「とろろはいいけど、まぐろはどうなんだい。特に脂の多いところは、肥《こえ》にしかならないっていうじゃないか」

「旦那はまぐろを食べたこと、ないんですかい。あっしは何度もありますが、うまいですよ。脂の多いところなんかとろけるような感じで、肥料にしちまうのはもったいないくらいですけどねえ」

「へえ、そんなものなのかい」

「腐りやすいからっていうのもあるらしいんですけど、うまさが認められてまぐろが好きだって人も、最近では多くなってきたみたいですよ」

「それならおいらも食わず嫌いはやめて、虚心に食してみようかな」

「それがいいですよ」

小女が箱膳を二つ、持ってきた。

まぐろは赤身のところだった。だしのきいたとろろと一緒に口に流しこむと、ねっとりとした感じのなか、まぐろの身が歯ですっと切れた。

「これはやわらかいねえ」

飯との相性もとてもいい。

「うまいねえ」

「でしょう」

珠吉も顔をほころばせて、飯をかきこんでいる。

二人はすっかり満足して、箸を置いた。

「うまいねえ、まぐろ。また来たいねえ」

「ええ、また来ましょう」

その後、富士太郎と珠吉は、与助の友達という者に会った。この前とは別の男だ。

「そういえば、与助のやつ、女がいたみたいですよ」

「本当かい。その女はどこにいるんだい」

「きいたんですけどね、教えてくれなかったんですよ」

「与助は、その女についてなにかいっていたかい」

「どうも一緒になる気でいたらしいですよ。与助のやつ、柄にもなく本気で、そのために金を貯めていたみたいですねえ」

与助にとって、唯一心を許している女かもしれなかった。そういう存在なら、与助が誰にも話していないことをきいているかもしれない。

富士太郎はその女の居場所を突きとめ、是が非でも話をききたかった。

「その女について、なんでもいいから思いだすことはないかい」

「感じからして、どうも飲み屋の女らしいことくらいですかね」

「与助がよく行っていた飲み屋かな」

「いや、それだったらあっしも知っていると思うんで」

「心当たりはないかい」

「申しわけございません」

富士太郎と珠吉は男の長屋を離れた。

「旦那、今の男は飲み屋の女っていってましたけど、ちがうんじゃないですかね」

「どういうことだい」

「与助が金を貯めていたってことですよ」

その一言で富士太郎はさとった。

「身請けかい。——となると、女郎だね」

二人は道を引き返し、さっきの長屋に戻った。

「与助がよく行っていた女郎宿ですかい」

きかれて首をひねる。

「あの野郎、行っていたのかな。――ああ、そうだ。たまに内藤新宿のほうに行くようなこと、きいたことある気がしますねえ」

内藤新宿か、と富士太郎は思った。あの宿場にいったい女郎宿がいくつあるものか。なんの当てもなく、あのなかから与助のなじみの女を見つけだすというのは、まず無理な芸当だ。

「その手の宿だったら、多分、はなは玄助《げんすけ》のやつに連れていかれたんじゃないですかね。玄助にきいたらいいかもしれませんよ」

富士太郎と珠吉は、男が教えてくれた玄助のもとに向かった。

南へ十五町あまりくだったところにある、日当たりの悪い裏長屋で、玄助は寒さが霧のようにうずくまる四畳半の店でごろごろしていた。

「ええ、与助とは何度も一緒に内藤新宿には行ったことありますよ。なじみの宿ですかい。ええ、ありますよ」

玄助が口にした女郎宿を二人は訪れた。

宿場にある女郎宿は、宿に泊まる旅人よりも、昼間に遊びにやってくる近在の者のほうが今は得意客になっているときく。

与助のなじみの女がいる花咲屋は昼間なのに、かなりの客が入っている様子で、二階屋のすべての部屋がふさがっているようだ。

宿の者は与助のことを覚えていた。与助はさすがにここでは岡っ引であることは、隠していたようだ。

おしのという与助のなじみの女には、ちょうど客がついており、富士太郎たちは下の階で宿の者たちと話をしたり、もらった茶を飲んだりしてときを潰した。

半刻後、ようやく客が帰ってゆき、富士太郎と珠吉はおしのに会うことができた。おしのがたった今、客を取っていた部屋だ。

どこか生臭い、獣のようなにおいがしている。

ほっそりとしているが、ずいぶんと色の黒い女だ。肌につやがなく、病を抱えているような影の薄さが感じられた。

もっとも、女郎宿で働く女など、いい物を食べさせてもらっていないから、どれも似たようなものだろう。

おしのは与助が殺されたことを、まだ知らなかった。

「嘘っ」

ひっと喉の奥に押しこむような声を発したきり、なにもいわなくなってしまった。やがて、細い目から涙が次から次へとあふれだしてきた。

　富士太郎と珠吉はおしのから悲しみが去るのを、黙って待つしかなかった。

「犯人は？」

　やがて、ぽつりときいてきた。

「いや、それがまだなんだよ。それで、その手がかりになるものがほしくて、おまえさんのところにやってきたというわけさ」

　富士太郎はできるだけやさしくいった。

「そうですか……。でも手がかりといったって、私はなにも……」

「与助とはどんな話を」

「取り立てでこれということとは。お互いの身の上や仕事の話です」

「おまえさん、与助が岡っ引だったのは知っているのかい」

「ええ、話してくれましたから」

「与助とは将来を誓い合っていたのかい」

「はい、あと半年くらいできっと身請けしてやるからって」

「半年か。かなりの大金じゃないのかい」

「はい、私の奉公はあと三年以上残っていますから、おそらく二十両ちかいものになると思います」

おしのは必死に顔をあげている。下を向くと、涙がこぼれ落ちてしまうのだろう。

この女は、と富士太郎は思った。身請けのことを楽しみにしていたのだろうな。それは与助も同じだったはずだ。

「与助と仕事の話をしたといったけど、どんな話を」

「命が危うくなるときもあるんだぜって。でも、それは話半分にきいていました。まさか本当になってしまうなんて」

おしのはわっと泣きだした。両手を重ね合わせ、畳に顔を押しつけるようにしている。背中が激しく震えている。

富士太郎と珠吉は、再び待つしかなかった。

背中の震えがおさまり、泣き声も静かなものに変わった。おしのは顔を畳に押し当てたまま懐から懐紙を取りだし、涙をぬぐった。

顔をあげる。厚い化粧が涙で流れてひどい状態だが、富士太郎にはこのほうが人らしい感情があらわになって、いいような気がした。

「すみません」

「いや、謝ることなどないよ」

富士太郎は咳払いした。

「与助の身の上についてききたいんだ。話をきいていて、なにか気になるようなことはあったかい」

「そうですね。あの人のおとっつあんも、同じように岡っ引をしていたらしいんです。だから跡取りの自分が岡っ引になったのは、自然だったといっていました」

そのあたりの話は、すでに富士太郎たちもきいている。その父親はとうに亡く、今は年老いた母親が家にいるのみだ。

この母親には同僚の同心が話をききに行ったのだが、せがれの死をきいてひたすら泣くばかりで、手がかりとなるようなものはなにも引きだせなかった、ということだった。

おしのは話を続けている。

「でも途中、決まった道を歩くんじゃつまらないってことで、岡っ引じゃなくてほかのこともしたくなり、小間物屋や蔬菜売りなどの商売をやったこともあったっていっていました」

「行商か。うまくいったのかな」

「いえ、自分には向いていないのがすぐにわかったそうです。お客に愛想一つい
えるわけじゃないですし。たまに売れて儲かったりしても、賭場であっという間
に……。そういう縁で、行商をやめたあと、やくざの親分の世話になっていたこ
ともあったようです」

やくざ者か、と富士太郎は思った。

「そのやくざの親分について、なにかきいていることはないかい」

おしのは思いだそうとするように、細い目をさらに細めた。

「名に確か、あ、がついたような気がするんですけど」

「阿佐吉かい」

富士太郎は間髪入れずにいった。

「ああ、そうです。阿佐吉親分です」

ここまできければ十分だった。富士太郎は珠吉に目配せし、おしののもとを引
きあげようとした。

「あの、今、与助さんはどうなっています」

「おっかさんが遺骸は引き取ったよ。もう葬られたんじゃないのかな」

「お寺はどちらです」

「おいらがきいたところでは——」

富士太郎はおしのに教えた。

女郎宿花咲屋を出た富士太郎と珠吉は、道を東に向けて歩きだした。日は大きく傾いて、西の空で穏やかな輝きを放っている。前を行く町人たちがあげる土埃が射しこむ日を浴びて、きらきらと砂金のように光っていた。

珠吉、と富士太郎は呼びかけた。

「阿佐吉は、田光屋のあるじの清蔵と義理の兄弟だったね」

「ええ、そうです」

「阿佐吉は直之進さんを用心棒に襲わせ、殺そうとしたこともあるね」

「ええ、その罪で今、阿佐吉と用心棒は牢に入っていますから」

いずれ沙汰がくだり、仕置が決まるだろう。富士太郎としては、おそらく両名とも遠島だろうね、と思っている。

昔ならまちがいなく死罪だったはずだが、今は刑がわずかに軽くなっている。

「阿佐吉が直之進さんを襲わせたのは、田光屋清蔵の依頼だったね。清蔵は、佐之助に殺しの依頼をしていたような男だね。与助が阿佐吉と浅からぬ関係だったということは、清蔵のことを知っていたことにならないかい」

「まあ、そう考えないほうが不自然でしょうねえ」

「清蔵が裏でなにかをしているのでは、と岡っ引の鼻で感づいていた、っていうのは考えられないかい」

「十分に考えられますね」

「清蔵一家を惨殺した者について、与助が気づいていたっていうのは飛躍しすぎかな」

「いえ、そんなことはないでしょう。あっしはあり得る話だと思いますよ。旦那はつまり、与助はその誰かを揺すっていたと？」

「そういうことだよ。でも、金をあまりに要求しすぎたのかね。そのことで逆に殺されてしまった」

「なるほど」

富士太郎と珠吉は、田光屋のあった小石川御簞笥町に足を向けた。

じき日が暮れる前で、どの家も夕餉の支度に忙しいらしく、魚を焼くにおいや味噌汁をあたため直している香りなどがして、空腹の富士太郎は相当そそられるものがあった。

それを無理に抑えこんで、富士太郎と珠吉は田光屋の隣近所の者に話をききまわった。

田光屋の向かいで古着屋をやっている男が、与助がよく田光屋に来ていたのを教えてくれた。

「まちがいないかい」

「ええ、あの親分さんはあっしのところにもたかりに来ましたからね。その足でよく田光屋さんにも行っていましたよ」

ただし、これだけでは事件について進展があったとはいいがたい。

だが、いずれ目の前に立ちはだかる厚く高い壁が突き崩されるときがきっとやってくるのを、富士太郎は直感として知っている。

それは、もしかすると、ほんの小さな手がかりがきっかけになるのかもしれない。まさに針先でつついたような。

こういうことがわかるのはさ、と心中ひそかに富士太郎は誇らしく思った。代代同心を受け継いできた血ゆえだろうね。

八

米田屋で朝飯を食べた直之進は、おきく、おれんの見送りを受けて出かけた。

今日も天気がよく、商売に精だすのには格好の一日になりそうだ。

今日は北に足を向けた。自然、音羽町に足を踏み入れる形になった。

千勢に会うか。直之進の頭を占めているのは、昨日あらわれた佐之助のことだった。

どうして千勢はそのことを教えないのか。ときがなかったのだろうか。

しかし千勢は昼間、なにをしているわけでもない。以前は佐之助捜しをしていたが、今はもうその必要はないだろう。

直之進は千勢や佐之助のことを頭から追いだし、注文取りに励んだ。

集中し切れなかったが、それでも人々はあたたかく、顔を見せた直之進としっかりと話をしてくれ、ときに求人の注文をくれた。

日がのぼっても風はなく、冬らしくない穏やかな日和だ。空にぽつりぽつりと雲があるが、陽射しをさえぎるほどの厚みはなく、あたたかな太陽の光はじかに大地に届いていた。

歩き続けていると、じっとりと背中や脇の下が汗ばんできた。

昼飯は手近の蕎麦屋にした。ざる蕎麦を二枚食べて、空腹を満たす。

江戸には蕎麦屋がとても多いこともあって、ときにはずれの店に当たることもあるが、競りが激しいこともあるのか、たいていどの店もおいしい。

店によってつゆもちがうし、麺も異なる。沼里とはちがい、さまざまな味を飽きることなく楽しめるのが、蕎麦好きの直之進にはありがたかった。

好物の蕎麦切りを食しつつも、どうしても頭を離れなかったのは、千勢と佐之助のことだ。

蕎麦屋を出た直之進は、このまま商売を続けるかどうか考えた。

いや、こんな半端な気持ちでいろいろな店をめぐってもあまりいい結果は得られないだろう。

ここは我慢することなく、気持ちにしたがうほうがよさそうだ。

直之進は音羽町四丁目にある千勢の長屋に向かった。

甚右衛門《じんえもん》店《だな》、と記された木戸をくぐる。そういう刻限なのか長屋の女房や子供たちが一人もいない路地を歩き、右手の四つ目の店の前で足をとめた。

なかで人の気配はしている。直之進は胸が高鳴るのを感じた。

一人なのか。まさか、佐之助がいるようなことはないのだろうか。

馬鹿なことを、と直之進は自らを戒めた。千勢に限ってそんなことがあるはずがない。

静かに障子戸を叩き、直之進は名を告げた。かすかな間を置いて返事があり、人影が障子戸に映る。

障子戸があく。千勢が直之進を認め、頭を下げた。

「どうされました」

千勢がきいてきた。意外なことに、少し眠そうに見えた。

こんな表情は沼里で見せたことはなく、千勢が江戸に染まりつつあるのが垣間見えたような気がした。

直之進は少しいやな気分だったが、むろん、口にだすことなどない。

「お入りになりますか」

気づいたようにしゃんとしていう。

「ああ、そのほうがいいな」

どうぞ、と千勢がいい、直之進はうなずいて土間に立った。千勢が障子戸を閉める。

そのとき少し体が触れ、直之進は抱き締めたい衝動に駆られた。

千勢は直之進の気持ちに気づいたのか、さりげなく身を離して畳にあがった。

一つきりの六畳間はさすがに掃除が行き届いて、清潔そのものだ。部屋の隅で、火鉢が穏やかなあたたかみを発している。

直之進はあがり、正座した。千勢は火鉢の上から鉄瓶を取り、茶をいれはじめた。

鉄瓶から急須に湯を注ぐ。しばらく待ってから湯飲みに注ぎ入れた。

「どうぞ」

茶托にのせた湯飲みを直之進の前に置く。

「すまんな」

直之進はそっと口をつけた。まるみのある苦みが口中に広がる。

「うまいな」

「さようですか」

千勢が背筋をのばし、湯飲みを口に運んだ。白い喉がかすかに上下する。

それを見て、またさっきのうずきのようなものが直之進の体を走り抜けた。千勢から目をそらし、茶を喫して心を落ち着ける。

「なにか変わったことでもございましたか」

千勢が湯飲みを茶托に戻してきいてきた。

「変わったことがあったのは、千勢のほうではないのか」

言葉がとげとげしくならないように心を配る。

千勢がいぶかしげな顔になった。

「どういうことでございましょう」

「わからんか」

直之進は昨夜のことを千勢に伝えた。

「あの男があらわれましたか」

「千勢のところにもあらわれたのであろう。どうして教えなかった」

「申しあげたからといって、どうにもならないと思いましたから」

確かに、と直之進は思った。その通りではある。

しかし佐之助が来たことを教えない、というのはどう考えても不自然だ。

やはり、と直之進は前にも思ったことをまたも胸に抱いた。この女、佐之助に惹かれているのではないだろうか。

ただし、それ以上のことはさすがに口にする気になれなかった。本当のことをきかされるのが怖い。

直之進は湯飲みを口に持っていこうとして、もう空なのに気づいた。千勢がおかわりをいれる。

直之進は茶を飲み、話題を変えた。

「前にもきいたが、沼里において誰が佐之助に三人を殺させたか。千勢の考えはどうだ」

殺された三人のうち、夏井与兵衛の家臣である古田左近はともかく、夏井も藤村円四郎も中老の宮田《みやた》彦兵衛《ひこべえ》の一派だった。

宮田彦兵衛は直之進の影の上司だ。

「私にはわかりません。政《まつりごと》にはうといものですから」

「前に、三人を殺させたのは大橋民部どのではない、と申したな」

大橋民部は沼里の筆頭家老だ。

「確かに申しました。今でもその思いに変わりはございません」

「あの当時、お家の政策をめぐって騒動めいたことが起きていたのは覚えている。宮田さまと次席家老の渡辺《わたなべ》さまのあいだだ」

次席家老は渡辺兵部《ひょうぶ》といい、倹約を常に唱えている男だ。歳は六十をすぎているが、沼里の政の頂に立つ者として、気力もまだまだ衰えていない。顔も若いし、今も剣術に精だしていることもあって、背筋もぴんとのびている。

「ええ、私も覚えています。結局は宮田さまの勝ちで終わりました」

「その通りだ」

このときもはや渡辺兵部は力を失なっていた。宮田に三人を殺させる必要はすでになかった。

それに、と直之進は思った。もし宮田が三人を殺そうと思ったら、自分をつかっていたのではないか。

いや、ちがうかもしれない。あのとき、湯瀬直之進という男の牙は折れていた。つかいものにならなくなっていた。

「どうされました」

不意に千勢の声がきこえた。

はっとして直之進は顔をあげた。暑くもないのに、鬢のあたりから出た汗が頬を伝って滑り落ちてゆく。

千勢がじっと見ている。深い瞳の色だ。

すべてを見透かされているような心持ちになり、直之進は落ち着かなかった。湯飲みに手をのばす。少し冷めた茶が、渇いた喉に心地よくしみた。だが、今は茶より酒が飲みたかった。

直之進はごくりと息を飲んだ。

「夏井さまたちが佐之助に殺されたとき、どこを訪れていたか、知っているか」

「いえ、存じません」

「三人が佐之助に殺されたのは、深更だったときいた。そんな夜更けにどこに出かけていたのだろう」

「さあ、それも」

おそらくその刻限、路上には人けなどまったくなかったはずだ。そこを、佐之助につけこまれたのだ。

「佐之助は、妙旦寺《みょうたんじ》の宿坊に逗留していたといったな」

妙旦寺というのは、千勢の実家の菩提寺だ。

「はい、五日のあいだ」

「その間、やつは夏井さまたちを張っていたのだな。そして好機と見るや、あっという間に殺してみせた」

ということは、夏井たちは同じ場所に毎夜出かけていたのか。同じ動きを繰り返し、そのことを知った佐之助はためらうことなく殺害に及ぶことができた。

そうかもしれない。標的が同じ動きをしてくれるのは、殺し屋としてこれ以上ありがたいことはないだろう。

三人は同じところを訪れていたのだ。それはどこなのか。

そのことがわかれば、どうして三人が殺され、そして誰が佐之助に殺しを依頼したのか、きっとわかるにちがいない。

直之進は静かに息をついた。

「千勢、佐之助は今の住みかについて、なにか口にしたことはないか」

「いえ、まったく。私もききだそうとしましたが、そのような問いには全然答えませんでした」

そうだろうな、と直之進は思った。

「また来るようなことを？」

「いえ、そのようなことは申していませんが、いずれまた、という気はしています」

「どうしてそんな気が」

千勢がわずかに身をかたくする。

「わかりません。ただ、なんとなくです」

直之進は湯飲みを持ち、手のうちでもてあそんだ。

「あの男、千勢に惚れているのではないか」

千勢は明らかにどきりとした。

「まさかそのようなことがあるはずがありません」

きっぱりといい放つ。

直之進はそれ以上追及しなかった。結局、目の前のこの女とはわかり合えるところなど一つとしてなかったのだ。

夫婦として暮らしてはいたが、お互いわかり合うのを拒絶していたように思える。

おそらくそれは、直之進のほうからつくりあげた壁だろう。千勢はその壁に気づいて、心を閉ざさざるを得なかったにすぎない。

千勢は湯瀬直之進という男がどういう男だったか、知らない。

直之進が、実の弟を殺した男であることなど、知る由もなかった。

第二章

一

とん、と小気味いい音がした。

矢が的の中央を貫いている。

宮田彦兵衛は会心の笑みを漏らした。

朝起きると、朝餉の前にこうして屋敷の一角にある矢場で稽古をするのが常だが、一番最初の矢がまんなかに命中するというのはそうあるものではない。

うしろに控えた家臣が手渡す矢をつがえ、心を集中して的を見る。

今日はいつもより的が大きく見える。調子がいい証だ。

ひゅんと放つ。小さな弧を描いて、矢が飛んでゆく。

さっき放った矢をかすめるようにして的に突き立った。

これは、と彦兵衛はあまりの調子のよさに内心で驚きの声をあげた。

さらに続けざまに矢を射る。それらもほとんどまんなかに当たった。

弓の腕は、二十間以内なら百発百中といってよかった。

しかし、それでもこんなに調子がいいというのは、ここしばらくなかった。なにかいいことがあるのだろうか。

是非ともそう願いたいものだ。

彦兵衛は三十本の矢を放って、稽古を終えた。今朝はあたたかな沼里といえどもかなり冷えこんだが、すでにそこかしこから汗が噴きだしてきている。

弓を所定の位置に立てかけ、諸肌脱ぎになって家臣から手ぬぐいを受け取った彦兵衛は体中をふいた。夏なら庭の井戸で水をかぶるところだが、今はこれで十分だ。

濡縁に若い男が腰かけているのに気づいた。彦兵衛を見て、にこにこ笑っている。

「おう、竹寿丸《ちくじゅまる》ではないか。いつ来たんだ」

彦兵衛は相好を崩して、近づいた。孫の横に腰をおろす。

あまりのかわいさに頬ずりしたくなる。

「おじいさま。それがしは元服をすませ、健次郎房興《けんじろうふさおき》と名をあらためております」

「わかってはいるが、わしのなかではずっと竹寿丸のままなのでな」

健次郎は娘の雅代《まさよ》が腹を痛めた子だ。

彦兵衛はどうしようもなくいとおしくてならない。雅代は、沼里城主誠興《まさおき》の側室だ。いわば、国元における正室といってよかった。

健次郎は彦兵衛にとって唯一の孫だ。

この子のためなら、ためらいなくなんでもする、という気持ちが彦兵衛にはある。

「健次郎、朝餉は食べたか」

「いえ、まだです」

「ならば一緒にどうだ」

健次郎がにっこりする。

「それを目当てにまいりました」

健次郎と母の雅代は、沼里城下を流れる狩場《かりば》川近くの別邸で暮らしている。別邸は鮎瀬《あゆせ》御殿と呼ばれているが、そこから馬を駆って健次郎は宮田屋敷までときおりやってくるのだ。狩場川は鮎で名高いが、別邸の近くに特に型のよいものがあがる瀬があり、そのことから別邸は鮎瀬御殿という名がついた。

「たいしたものは出ぬぞ」

「わかっております。おじいさまが粗食が大好きなのも存じています」

「粗食は体によいのだぞ」

「それも承知しています。食べすぎは確かに体によくないようです」

台所そばの座敷で二人は向き合って、食事をした。納豆に梅干し、たくあん、わかめの味噌汁というものだった。

町人たちが口にしている朝餉とまったく変わらない。いや、昔とはちがい、今なら町人たちのほうがいい物を食しているかもしれない。

「おいしいですね」

健次郎はご飯ばかりを食べている。

「健次郎、おかずも食べなければ駄目ではないか」

「ここのご飯はとてもおいしいのですよ。屋敷で食べるのとは一味ちがいます」

「ほう、そうか。台所の者によくいっておこう。健次郎にほめられたと知れば、きっと喜ぼう」

「どうでしょうか」

「喜ばんとでも？」

「それがしはしょせん、部屋住ですから。将来が約束された身ではありません」

健次郎はせつなげだった。

彦兵衛はその表情を見て、胸に小さな痛みが走るのを感じた。

健次郎を沼里城主の座につける。それはこの子が生まれたときから考えていたことであり、きっとうつつのものにしようと考え続けていたが、そのことにはこれまでまったく手つかずだった。

健次郎のこの顔を目の当たりにして、彦兵衛はやってやろうという気になった。今から取りかかるなど、おそすぎるかもしれない。

いや、おそいということがあるものか。わしにできぬことなど、あるはずがない。

「おじいさま、どうされました」

「いや、ちょっと考えごとをしていた。健次郎、わしにまかせておけ」

朝餉を終えると、健次郎は鮎瀬御殿に帰っていった。

彦兵衛は自室に戻り、文机の前に正座した。

墨をすり、筆をとる。紙を広げ、したためはじめた。

四半刻後、一通の文を書きあげた。手を打って家臣を呼ぶ。家臣には、江戸の上屋敷宛であるのを告げた。

「早飛脚をつかえ」

家臣は廊下を去っていった。

健次郎のことは気になるが、今はまず湯瀬直之進のことをなんとかしなければならない。又太郎のほうはこういうこともあるだろうと、はやめに手を打ってある。

それにしても、と彦兵衛はつくづく考えた。直之進があんなに心の弱い者だとは思わなかった。殺し屋としての血はずっと続いてきたはずなのに、まるで一人だけ別の腹から生まれたかのようだ。

もうあやつはつかいものにならない。一刻もはやく口封じをしなくては。

直之進は実弟を殺したことで、まったく刀が振れなくなった。心が音を立てて折れてしまったのだ。

もしやつがつかまり、洗いざらい吐かれたら、わしはどうなるか。

身の破滅はまちがいない。それに加え、いまだに目付衆が、夏井たち三人の死をあきらめず追いかけている。

そちらはまだいい。殺し屋として雇った佐之助とかいう男がつかまる気づかいはないようだから。

仮につかまったとしても、宮田彦兵衛の名が出るようなことはまずない。なにしろ殺しを依頼した男は、大橋民部ということになっているのだ。

それにしても、直之進はしぶとい。これまで二度、刺客を送りこんだそうだが、いずれも退けたらしい。

もし弟を殺してしまうようなことがなかったら、殺し屋としてきっと大きな成長を見せていたはずだ。夏井たちを屠るのに、わざわざ殺し屋を雇う必要などなかった。

もっとも直之進は、実際にはたいして人を殺していない。

彦兵衛が直之進に殺しを命じて差し向けたのは、ただ二人の男に対してだ。二人とも、直之進が寝床で脅すことでこと足りた。脅すことで十分に口封じになることを、直之進は教えてくれたのだ。

脅した二人というのは、勘定方の侍と城下の商人だ。二人とも、宮田の意のままにならない者だった。

脅し、さらに金を与えてからは腹が満ちた猫のようにおとなしくなった。

倹約ばかりを呪文のように唱え、彦兵衛のなす政策を頭ごなしに非難ばかりしていた次席家老の渡辺兵部も、女を与え、金をやっているうちになにもいわなくなった。

もっとも、あれは夏井たちを殺してみせたというのが最も大きいのだろう。

夏井は宮田派を抜けようと画策し、一晩おきに行われていた渡辺派の会合に顔をだしていた。

裏切り行為は許せるものではなかった。むろん、理由はそれだけではないのだが、彦兵衛は刺客を差し向けた。

いや、今はもうそんな昔のことを考えるのはよそう。とにかく、どうすれば宮田家がこのままの栄華を保っていけるか、そのことが一番肝腎なところだ。

健次郎を沼里城主の座につけることが最良の手立てだろう。

それさえできれば、宮田家の栄華は盤石だ。

二

誰かが用部屋の向こうで膝をついた気配が伝わってきた。

「村上《むらかみ》さま」

襖越しに声がかけられる。

書見をしていた堂之介《どうのすけ》は立ちあがり、襖をひらいた。小者の一人が見あげている。

「文がまいりました。早飛脚です」

文を手渡して小者は去った。

襖を閉め、誰から来たのか確かめる。いや、確かめるまでもなかった。早飛脚で文をよこすような者は、沼里の中老くらいしかいない。宮田彦兵衛の怒りと焦りを感じさせる。

文机に戻り、腰をおろす。

文の内容は察した通りだった。直之進をいまだに殺せていないのを、叱責された。はやく亡き者にしろ。

宮田さまは、と堂之介は思った。あの男のどうしようもない強さとしぶとさをご存じないから、こんなにたやすくいえるのだ。

沼里で手配りして、殺し屋を送りこんできてもらいたいくらいだ。

だからといって放っておくわけにはいかず、堂之介は小者を使者に口入屋の犬塚屋鉄三を呼んだ。

半刻後、鉄三がやってきた。今日に限っては、いつものように待たせることはしなかった。

襖をあけて入ると、鉄三が意外そうな顔を見せた。

「どうした、こんなにはやくやってくるとは思っていなかったか」

「はあ、正直に申せば」

鉄三は正座している。堂之介は真向かいにあぐらをかいた。声をひそめていう。

「湯瀬直之進だが、はやくなんとかしろ、とのお言葉だ」

それでしたら、と鉄三も低い声で返してきた。

「佐之助がよいのでは？」

「よせ、あれは高い」

「しかし、ほかに直之進を殺《や》れるだけの殺し屋は……」

それは堂之介も痛感している。それでも値の高さを考えると、腕を組んで考えこむしかなかった。

「田光屋さんが生きていればともかく、村上さまが殺してしまった以上、手前には殺し屋の当てなどございません」

「ちょっと待て」

今の言葉にはさすがにかちんときた。

「まるで俺の一存で田光屋を殺したようにきこえるぞ」

「ちがいましたか」

鉄三がとぼけたようにいう。

「ちがうだろうが」

思わず怒鳴りつけていた。鉄三が手をあげ、お静かにというような仕草をする。

堂之介は今どこにいるか思いだした。

「よいか、きさまが田光屋のことをこの俺に持ってきたのだ」

「口封じをしてくれ、とは一言も申しませんでしたよ」

「してほしい、と顔に書いてあったではないか」

「村上さまの勘ちがいでは？」

「なにをいう。俺が田光屋を始末したときいたとき、きさま、これで胸のつかえが取れたとばかりに浮かれていたではないか」

「そうでしたかね」

不機嫌そうに鉄三が横を向く。

堂之介はしばらく黙っていたが、このまま二人してずっと無言を通すわけにはいかない。

「おい、犬塚屋。佐之助ならすぐにつなぎは取れるのか」

「むろんでございますよ。お頼みになりますか」

「ああ、頼む」

堂之介は折れた。折れるしかなかった。ここはいくら高値でも、確実に直之進をこの世から排してほしい。

「でしたら、お足をいただけますか」

鉄三が手のひらを差しだしてくる。

「おぬし、立て替えてくれぬか」

「それは無理でございます。そのような大金、持ち合わせがございません」

嘘をいえ、といいたかったが、堂之介は我慢した。その代わり、心中ひそかに鉄三をにらみつけた。この男、そのうち殺してやる。

「ちょっと待っておれ」

堂之介は立ちあがり、自室に向かった。誰もいない部屋に入り、手文庫をあける。

このなかには、宮田彦兵衛から預けられた金がある。

二十五両入りの包み金を六つつかみだし、手ふきに包んだ。

村上堂之介と会った翌日、元飯田町にある神社に鉄三はいた。

昨日、さっそくこの神社の狛犬の右足に『犬』と書いた紙を縛りつけておいたところ、佐之助から今朝つなぎがあったのだ。

店の戸板の下にはさみこまれていた一枚の紙には、今日の八つ、と記されており、鉄三は刻限通りにやってきたが、佐之助の姿はどこにもない。

刻限をまちがえたわけでもないし、場所だって合っている。

どうしたのだろう。佐之助の身になにかあったのだろうか。

いや、あの男にそんなことなどあるはずがない。ただ待たされているだけだ。

鉄三は少しいらいらした。

「呼んだか」

横から呼ばれ、はっと向き直る。

狛犬の脇に佐之助が立っていた。いつ来たのか。ほんの一瞬前まで、いなかったのだ。

「ああ、お越しいただき、まことにありがとうございます」

佐之助が口をゆがめて笑う。

「それにしては、いらついていたようだな」

「はあ、申しわけございません」

「俺としても、近辺の気配を探らねばならなかったのでな」

佐之助が鉄三の前に立った。

鉄三はそれだけで威圧され、まるで逃げ道をふさがれたような気分になった。息が苦しい。

「用はなんだ」

鉄三は、まわりに誰もいないのを確かめてから、湯瀬直之進殺しを依頼した。

「無理だな」

間髪を入れず拒絶された。

「どうしてでございます」

「やっとは、仕事抜きでやり合わねばならんと思っているからだ」

殺し屋がそんなことをいうのか。面《おもて》にだしはしなかったが、鉄三は正直驚いていた。

「あの、なんとかお願いできませんか」

鉄三は懇願した。

しかし、佐之助の答えは同じだった。

「そうですか」

鉄三はしょげるしかなかった。

「そんなに殺し屋が必要なのか」

「殺し屋が必要と申しますより、湯瀬直之進をあの世の住人にしたいだけです」

「それは俺も同じ気持ちだがな」

佐之助が腕を組む。

「やつを殺れるとは思えんが、俺が殺し屋を紹介してやろうか」

「本当ですか」

「俺以外のどんな殺し屋を雇ったところで、金の無駄でしかないがな」

そういうのなら直之進殺しを受けてもらいたかったが、鉄三は黙っていた。

「どうする。会ってみるか」

「はい、是非会わせてください。――その殺し屋は凄腕なのですか」

「名の知れた男らしい。凄腕といっていいだろう。その男に狙われたら、湯瀬直之進といえども安閑とはしていられまい」

佐之助が会う手立てを教えた。

「ありがとうございます」

「その殺し屋がやり損ねたら、次は数を集めることだ」

「数ですか」

「おぬし、口入屋だろう。金で命が買える浪人を二十人ほど集めろ。湯瀬の首をあげた者に百両やるといえば、やつを殺れるかもしれんぞ。二十対一なら、いくら湯瀬直之進といえども勝てんだろう」

鉄三には、佐之助が自分の殺し方を告げているようにきこえた。

「ただし、やつの強さを目の当たりにしたら、十五人以上は雪崩を打って逃げる。人などそんなものよ。ふむ、やはりやつを殺れるのは俺しかおらんだろうな」

三

「いいか、多加助《たかすけ》、おまえのよくないところは竹刀を振りあげたとき、顎も一緒にあがってしまうところだ」

平川琢ノ介はどういう形になっているか、多加助に格好を見せた。

「こうなると相手が見えにくくなるし、脇も甘くなる。隙だらけになるということだ。そこを意識して直さんと、今度の試合でもこてんぱんにのされるぞ」

「はい、わかりました」

まだ年若い門人は殊勝にきいている。

「よし、そこのところを気をつけて稽古に励め」

「ありがとうございました」

元気のいい声とともに、稽古相手の門人の前に戻ってゆく。

多加助はいわれた通り、顎を引いて竹刀を振るっている。脇が締まったおかげで、打ちこみも鋭くなっている。

これで、少しは剣ものびるはずだった。剣がおもしろくなり、道場をやめようなどという気も起こさないはずだ。

一安心して琢ノ介は他の門人たちに目を向けた。

さして広いとはいえない道場のなか、三十人ほどの男たちが竹刀を向け合い、打ち合っている。気合や竹刀同士のぶつかる音が激しく響いている。汗も飛び散っている。

ここにいるのは、ほとんどすべてが町人だ。侍というのは一人を除いていない。

その一人というのは又太郎だった。もっとも門人ではない。

それにしても、よく又太郎は顔を見せる。門人たちとも馬が合っている様子だ。居心地がよほどいいのだろう。

ただし、相変わらず剣のほうはからきしだ。今は門人の弥五郎《やごろう》と稽古をしている。

ほぼ互角といっていいが、それは弥五郎が手加減しているからだ。

「弥五郎、手加減はよせ」

そのことをさとって又太郎が怒鳴る。

「又太郎さん、本当によろしいんですかい」

「そうでなければ、竹刀を振っていてもお互いおもしろくなかろう」

「又太郎さんがそうおっしゃるんなら」

面《めん》のなかで弥五郎がにやりと笑った。

「遠慮なくいかせてもらいますよ」

「よし、来い」

又太郎は竹刀をしっかりと構えたが、残念ながら力が入りすぎている。

胴をおとりにされて、と琢ノ介には弥五郎の筋書きがはっきりと見えた。

又太郎はその通りにやられた。まず胴を狙われ、それは打ち払った。次の逆胴もかわした。だがそのときには足さばきがおかしな具合になっていて、頭のほうに注意がいっていなかった。

やられた。琢ノ介は思わず目をつむった。

びしり、と強烈な音が響き渡る。琢ノ介が目をひらいたときには、又太郎ががくん、と膝を折ったところだった。どすん、と簞笥でも倒れたような音がきこえた。

又太郎は両手を上にのばし、うつぶせになっている。身動き一つしない。

おいおい、死んじまったんじゃあるまいな。さすがにそこまでのことはあるまいが、琢ノ介は心配になり、足早に近づいた。

「大丈夫ですかい」

竹刀を捨て、弥五郎があわてて又太郎の面を取る。

「大丈夫さ」

意外に元気のいい声がした。首を振って又太郎が上体を起きあがらせる。

「ああ、やられたなあ」

さばさばした顔をしている。

「あれだけやられると、逆に気持ちがいいくらいだ」

「又太郎さん、本当に大丈夫ですかい。頭が痛いなんてことはありませんか」

「痛くないよ。これならふつか酔いのときのほうがよっぽど痛い」

稽古はその後、半刻ほどで終わった。

いつものように、琢ノ介は門人たちと飲みに行くことになった。同じ牛込早稲田町内にある、伊豆見屋《いずみや》という煮売り酒屋だ。

四半刻後に店で落ち合うということにした。先に道場主の中西悦之進《なかにしえつのしん》に、本日の稽古が無事に終了したことを告げなければならない。

「又太郎どの、ちょっと待っててくれ。すぐに戻る」

そういい置いて、琢ノ介は道場の奥に向かった。

道場主の悦之進は、布団に横になっていた。

「申しわけない、こんな格好で」

「まだ風邪は治りませんか」

「今年の風邪はたちが悪いようでしてな、まだまだですよ。熱も引きませんし、咳もとまりません。鼻水もお恥ずかしいのですが、ずるずると出っ放しですから。せっかく腰のほうが治ったと思ったら、これですからね。まいりますよ」

「風邪だけは寝ているしかないですからね。気長に養生してください」

「今日はこれからまた？」

悦之進が寝床のなかで杯をひねる仕草をする。

「ええ」

「又太郎さんも一緒ですか」

「今そこに待たせてあります」

「平川さん。又太郎さんというのは、どういうお方なんです」

悦之進が熱で赤い顔に興味の色を浮かべてきく。

「それがしもよくわからないんですよ。きいてはいるんですが、あまり話したがらないものですから」

「そうですか。謎のお人なんですね」

「そういうことです」

では行ってまいります、と琢ノ介は立ちあがった。

「行ってらっしゃい」

悦之進は笑顔で送りだしてくれた。

謎なのは又太郎だけではない。謎といえば、中西悦之進も謎の男だった。人品卑しからぬものがあるのだ。きっと前身はかなりの身分の者だったのではないか。今日は顔を見せなかったが、妻の秋穂《あきほ》も美しいだけでなく、どこか気品がある。

琢ノ介にはずっとききたい気持ちがあるが、どうもいいだせない。きいたら最後、師範代の職を失ってしまうのでは、という怖れがあるのだ。

きっとわけありなのだろう。わけありでない者など、この江戸で捜すほうがよほどむずかしい。

自分だってそうだし、直之進もそうだ。又太郎もその一人だろう。

又太郎は道場の壁に背中を預けて、ぼんやりと天井を見あげている。なにか考えごとをしていた。

その姿には、やはりわけありなのだ、と思わせるものがあった。

「待たせたな」

声をかけると、又太郎ははっとした。

「いや」

立ちあがり、近づいてきた。

「琢ノ介どの、さあ行こう」

二人は道場の外に出た。すっかり日は落ち、大気はひどく冷えこんでいた。音を立てて寒風が着物に巻きついてくる。

「火事は起きるかな」

又太郎があちこちに視線を走らせていう。

「期待しているのか」

「きらいではない。火事が難儀で、皆の迷惑になるのは知っているが、どうも血が騒ぐというのかな」

「門人たちも同じようなことをいっているな。江戸の者は本当に火事が好きだな」

　伊豆見屋には、すでに門人たちが十名ほどいた。

「待ってましたよ」

　弥五郎が大きな声をあげる。

　琢ノ介たちは、座敷のまんなかに座らされた。

　さんざん飲み食いした。又太郎もよく食べるが、弥五郎たちはそれ以上だ。

「ねえ、又太郎さんはいったい何者なんですかい」

　弥五郎が杯を干してきく。

「ただの浪人さ」

「浪人には見えないなあ」

「弥五郎のいう通りですよ。師範代はいかにもうらぶれた感じがあるけれど、又太郎さんはちがうもの」

「うらぶれていて悪かったな」

「ああ、すみません。酒が入ってちょっと口が滑りました」

「でも又太郎さん、これだけ親しくなったんだから、正体をもう明かしてくださいよ」

弥五郎が、おもちゃをねだる子供のような口調でいう。

「だからただの浪人だ」

「浪人じゃないでしょう。主家があるんじゃないんですかい」

「主家などない」

「どこか大名家や大身の旗本家に仕えたことはないんですかい」

「一度も」

「へえ、そうですか」

それからは、みんなそれぞれの会話になった。この前夫婦喧嘩をしたとか、従弟に子供が生まれたとか、いい豆腐屋を見つけたとか、そんなたわいもない話だったが、琢ノ介には町人たちの暮らしが見え、きいていてとても楽しかった。やはり侍の暮らしなどよりよほどいい。

又太郎も同じ気持ちなのか、目を細めて耳を傾けている。

その後、一刻ばかりでおひらきになった。

「もっと飲みたいけど、明日も仕事だからなあ」

「明日も来ればいいいさ」

そういって、全員の分を又太郎が払ってくれた。

「またおごっていただけるんですかい」

弥五郎が喜色をあらわにたずねる。

「ああ。別にたいしたことじゃない」

「いや、たいしたことですよ」

「いいのか、又太郎どの」

琢ノ介がいうと、又太郎は笑ってうなずいた。

みんな大喜びで店の外に出た。店の前で、琢ノ介はみんなとわかれた。

「琢ノ介どの、また行かんか」

又太郎に誘われた。どこへ、とは琢ノ介はいわなかった。

「この前のところか」

「いや、ちがうところにしよう」

「いろいろと知っているんだな」

「そりゃそうさ。生まれたのはこの江戸だ」

「だいぶ歩くのか」

「この寒さのなか、歩くのはいやだろう。近くにしよう」

連れていかれたのは、早稲田町から北に位置する下戸塚村にある寺の一つだった。

「また寺か」

琢ノ介は山門の前に立ち、思わずうなった。

「まあな。賭場と女を抱かせるところはとにかく寺が多い。やっぱり町方が入れないというのは大きいな」

「だいたい、町方が踏みこんじゃいけないなんていうそんな縄張をつくりあげちまうこと自体、おかしいんだよな」

「琢ノ介どの、そういうことはあまり大きな声でいわぬほうがいいな。下手すると、しょっ引かれるぞ」

「なんだ、公儀の肩を持つのか」

「そういうわけでもない。俺も仕組がよくないのはわかっているんだ。だが、どうすることもできんからな。だったら、いわぬほうがいいということさ」

ほう、いうことがちがうな、と琢ノ介は感じ入った。しかも金を持っている。いったい何者なのか。琢ノ介の興味はどうしてもそこに行き着く。

いいところの旗本の部屋住あたりか。身分を憐れんだ母親が潤沢に金を渡してくれているのかもしれない。

結局、その寺には一刻ほどいた。あてがわれた女はきめ細かい肌をしていて、とてもあたたかかった。

すっかりいい気分で琢ノ介は寺を出た。又太郎は寒風のなか、春の宵のような感じでのんびりと歩を進めている。

道の前後にはまったくといっていいほど人けがなく、ときおり火の用心をうながす拍子木の音が遠くからきこえてくる。凛《りん》と冷えている大気のなか、妙に澄んだ音だ。

琢ノ介が持つ小田原提灯のわびしい明かりだけが道の先を照らしだしているが、冬の夜空特有の星の輝きがあって、提灯は必要ないほどだった。

「おい、又太郎どの」

「なにかな」

「どこへ帰るんだ」

「秘密さ」

「秘密の多い男だな」

「そのほうがつき合っていて楽しかろう」

　ふと、琢ノ介は背後に妙な気配を感じた。心を集中し、振り向くことなく気配を嗅いだ。つけられている。

　わしなのか。琢ノ介はいぶかった。今のわしにつけられる理由などないはずだが。

　はっとして横を見た。

「気づいているか」

　琢ノ介は静かに声をかけた。

「なにがかな」

　又太郎は相変わらずのんびりとしたものだ。

「つけられているぞ」

「ああ、それか。このところいつもなんでね、さすがの俺でも気づいているよ」

　屁とも思っていない顔だ。

「気にならんのか」

「なるけど、気にしても仕方がない。離れていかんし」

「つけているのが誰か、わかっているのか」

「さあ。とりあえず命を取る気はないようなので、放っておいてある」

腹が据わっているな、と琢ノ介は思った。

「いつからだ」

「もう二月《ふたつき》くらいになるか」

「そんなにか」

「もっと前からかもしれんが、そうと気づいたのは二月ほど前だ」

「つける者に心当たりは？」

又太郎はにっと笑った。

「いろいろだ」

「おぬし、本当に何者なんだ」

「それはいずれわかるんじゃないかな」

中西道場がある牛込早稲田町に戻ってきた。

「じゃあ、これで」

又太郎が右手をあげる。

「大丈夫か、一人で」

琢ノ介は背後に視線を投げた。

「大丈夫だ。琢ノ介どの、提灯を貸してもらえるかな。――じゃあ」

提灯を手に又太郎は歩きだした。琢ノ介が見守るなか、悠々と歩き去ってゆく。又太郎をつけている者の姿は見えない。

本当に大丈夫か。さすがに琢ノ介は気になった。尾行者の影を確かめるために、近くの路地に入りこむ。

尾行者は琢ノ介の意図に気づいたか、気配を消したようだ。むろん、姿も見せない。

なかなかの手練《てだれ》じゃねえか。琢ノ介は顎をひとなでした。やはり放ってはおけんな。路地を出て、静かに歩きはじめる。

琢ノ介はしばらく又太郎のあとを追いかけたが、なにも起きない。

又太郎は相変わらずなにも気にしていない風情だ。歩調もまったく変えていない。

このまままつけていけば、又太郎の住みかにたどりつくだろうが、こんなことをせずとも、さっき又太郎がいったようにいずれわかるときがくるはずだ。

それを信じて、琢ノ介はきびすを返した。

四

今日は近場を中心にまわった。

直之進自身、仕事には集中できているほうだろう。そのためか、いろいろなところから注文をもらうことができた。

さまざまな人とたわいのない話をしては注文をもらう。おもしろいが、やはり千勢のことが頭から離れない。

千勢が佐之助に惚れている。本当にそうなのか。

千勢は頭から打ち消してみせたが、だったらあのうろたえようはなんなのか。

真実を衝かれたからではないのか。

直之進としては首を振るしかない。どうして千勢が殺し屋に惹かれなければならないのか。

佐之助は危険な香りがする男だ。女というのはそういう男に心を奪われるものなのか。

そうなのかもしれない。しかし、よりによって佐之助とは。

「直之進さん」

そんなことを考えながら歩いていると、不意に横から呼ばれた。

はっとして見ると、富士太郎と珠吉が路上に立っていた。

「どうしたんです。ずいぶん険しい顔、されていますけど」

富士太郎は心配そうな表情だ。

「そんな顔、直之進さんには似合わないですよ」

「ああ、ちょっと考えごとをしていた」

「当ててみせましょうか。ご内儀のことではないですか」

この勘のよさにはちょっと驚いた。直之進は答えられない。

「直之進さん、お昼はすませましたか」

富士太郎が話題を変えるようにいう。

「いや、まだだが」

「ここで食べませんか」

富士太郎が指さした店に見覚えがあった。

いや、見覚えがあるどころではない。頻繁に利用している店だ。米田屋光右衛門の幼なじみがやっている正田屋だ。

魚を煮つけているらしい、いいにおいが道に漂い出ている。直之進は自分が空腹であるのを知った。

「いいな」

「じゃあ、入りましょう」

直之進は、富士太郎と珠吉とともに暖簾をくぐった。

「いらっしゃい」

元気のいい声が飛んでくる。あるじの浦兵衛《うらべえ》だ。

「ああ、これは湯瀬さま。よくいらしてくれました」

厨房から明るく声をかけてくる。直之進は笑顔を返した。

小女のお多実《たみ》が座敷に案内してくれる。昼どきで、かなり混んでいたが、大きな火鉢が置かれているあたたかなほうに連れていってくれた。衝立を立てる。

「ありがとう、お多実ちゃん」

「いえ、どういたしまして」

にっこりと笑ってくれる。その笑顔を見て、直之進はほっとしたものを感じた。

「今日はなにがお勧めなんだい」

「いつもと同じなんです。鰤《ぶり》の煮つけです」

直之進は道に漂い出ていたにおいを思いだした。

「じゃあ、それをもらおう。——二人はどうする」

富士太郎が顔をしかめている。というより、なにか気に入らない様子だ。

「どうした」

「いえ、なんでもありません」

珠吉が苦笑している。

「焼き餅を焼いているんですよ」

そういうことか、と直之進は思った。富士太郎は、お多実とのやりとりが気に入らなかったのだ。

ということは、と直之進は気づいた。店の前で富士太郎に会ったのも偶然ではないのではないか。直之進は正田屋が気に入りで、よほど遠くまで行ったときでない限り、この店で昼餉をとる。富士太郎はそのことをよく知っている。

「焼き餅なんてとんでもないですよ。それがしは侍としてそんな気持ちは抱きません。——えーと、おいらも直之進さんと同じでいいや。珠吉はなににする」

「あっしも同じ物を」

「鰤の煮つけを三つですね。ありがとうございます」

お多実が去ってゆく。それを見て、ようやく富士太郎は笑みを見せた。

「いや、でも直之進さんに会えてうれしいですよ」

「旦那、待った甲斐がありましたね」

「ちょっと珠吉、なにをいっているんだい。直之進さんが誤解するじゃないか」

「今さらなにをいっているんです。湯瀬さまはもうわかっていらっしゃいますよ」

「えっ、そうなんですか」

富士太郎が顔をのぞきこんでくる。

直之進はなんと答えていいかわからず、黙って茶を喫した。熱かったが、我慢して飲みくだした。

「ばれちゃってるんならしようがないね。直之進さんに会いたくてたまらなかったものですから」

富士太郎は屈託がない。にこにこしている。

しかしいくら富士太郎がその気でも、直之進は男などいやだ。

世間には、陰間《かげま》という男が男を相手にする商売があるそうだが、直之進はその図を思い描いただけでぞっとする。

今も思わず首を振っていた。

「どうしたんです」

「いや、ちょっとな」

直之進は咳払いした。

「それで仕事のほうは？　与助殺しに進展は？」

他の客にきかれないよう声を低める。

富士太郎が静かにかぶりを振った。

「今のところ進展はありません」

だが、富士太郎の顔にはやる気が見えている。必ず解決できる確信があるのだ。

それは、直之進を喜ばせたいという気持ちからだけではなさそうだ。

お待たせしました。お多実が三つの箱膳を器用に運んできた。

ありがとう、と直之進は受け取り、自分の前に置いた。

鰤は照りがあり、醤油の海のなかでつやつやと輝いている。ごくりと喉が鳴った。

さすがに正田屋で、鰤は期待にたがわないものだった。とにかく脂がうまい。浦兵衛の腕で、飯と合うようにしつこくない程度にしあげられている。

豆腐の味噌汁も美味だった。豆腐がとにかく甘いのだ。浦兵衛が自らつくっている味噌との相性がすばらしかった。

ここで食べると、ちょっとよそでは食べられんな。そんな思いを心に抱きつつ、直之進は箸を置いた。

「いやあ、うまいですねえ」

富士太郎より一足はやく食べ終えた珠吉がうなるようにいう。

富士太郎はちびりちびりと食べている。そのあたりは、確かに女のように見えた。

その後、富士太郎たちとわかれた直之進は夕刻まで注文取りに没頭した。千勢と佐之助のことは、できるだけ思いださないように心がけた。

午前中とは異なり、かなり遠くまで足をのばすことになった。

それにしても、と直之進は急ぎ足で歩きながら思った。まだ光右衛門の風邪はよくならない。ずいぶんと長引いている。

今は米田屋に泊まりこんでいて、朝夕うまい飯にありつけるし、しかもおきく、おれんというきれいな姉妹が給仕までしてくれるからとてもうれしいのだが、最近はどうも光右衛門は仮病なのでは、という気がしてならない。

あの親父は狸だからな。

こうして俺に注文取りの楽しさを覚えこませ、いずれなしくずしに婿に迎え入れようという算段でいるのではないか。

おきく、おれんのどちらかが妻になってくれるという想像は、実際のところ悪いものではなかった。

脳裏に描きだされるその光景は、静かでとても穏やかなものだった。平和そのものといっていい。

そういう暮らしこそ、俺が望んでいるものではないのか。

いつの間にか、ずいぶんと闇が深まっているのに気づいた。懐から小田原提灯をとりだし、火をつける。

近くの町屋の塀や路地が、ふわっと浮きあがるように見えてきた。

刻限としては六つ半くらいだろう。一日中強かった風は、夜の到来とともに大きな壁にでもさえぎられたように凪いでいる。

ぐう、と腹が鳴った。富士太郎たちと一緒に昼飯を食べてから、もう三刻以上が経過したのだ。

はやく帰ろう。光右衛門たちは心配しているだろう。

今宵はなにを食べさせてくれるのだろう。そんなことを考えるのも楽しいものだった。一人暮らしでは決して得られないものだ。

米田屋のある小日向東古川町に入り、しばらく道を進む。あたりからふっと人けが絶えたのを直之進は感じた。

うしろに気配を嗅いだ。濃厚な殺気だ。

殺気は突進してきて、風のような音を発した。

斬りかかられたのだ。直之進は体をひねってかわし、刀を引き抜いた。

目の前に立っているのは、深くほっかむりをした男だ。

直之進が刀を構えているのを見ても、平然としている。かなりの遣い手であるのはまちがいなく、人を殺し慣れている気がした。

佐之助ではない。佐之助だったら、どうなっていただろうか。俺は今、殺られていただろうか。

こやつは、と男にじっと目を据えて直之進は思った。何者かに頼まれた殺し屋だろう。

以前、将棋の指し仲間ともいえた徳左衛門《とくざえもん》に襲われたときのことを思いだした。

今、どうしているのだろう。あの娘のような若い女と仲むつまじく暮らしているのだろうか。

なつかしかった。また会いたい。真剣を抜いて遣い手と対峙しているのに、直之進にはそんな余裕があった。

ただし、執拗に命を狙ってくるそのやり方に、腹を立ててもいた。怒りの炎が心の壁を這いあがってきて、今や全身を包みこもうとしていた。

直之進は峰を返すことはしなかった。ここで峰打ちなどという甘いことをするつもりはない。

殺す気もなかったが、どこか相手の腕か足に、手傷を負わせる気でいる。誰に頼まれたか、吐かせなければならない。

直之進は剣尖を男に向けたまま、すっと足を動かした。一気に踏みこむ。上段から容赦のない一撃を見舞った。実際、ここで殺してもかまわないという思いをこめていた。

男はかろうじてはね返した。きん、と鋭い音が夜空に散ってゆく。

ほっかむりの男の表情が一変したのを、直之進は感じた。胴を狙う。男は直之進の刀を、ぎりぎり跳びすさることでかわした。直之進の斬撃のはやさに、呆然としているように見えた。

直之進は袈裟に刀を振りおろした。これもなんとか男が弾き返す。だが直之進の刀の強烈さに、反撃に出ようとする気力は失われたようだ。足を狙おう。直之進がそう考えたとき、その意図を察したかのように男が体をひるがえした。逃げ足は恐ろしくはやく、あっという間に闇の壁を乗り越えていった。

殺し屋などやめ、飛脚にでもなればいいのに。そんな思いを胸に抱きつつ、直之進は見送るしかなかった。

かたわらで燃えている小田原提灯を踏み消す。

刀を鞘におさめ入れ、直之進は米田屋に向かって歩きはじめた。

五

苦虫を嚙んだような顔、というのは今の自分のことをいうのだろうな、と村上堂之介は思った。

目の前に正座している犬塚屋鉄三から、またもしくじりをきかされたのだ。

「佐之助を雇ったのではないのか」

「それが……」

どういうことになったか、鉄三が顚末を説明する。

「断られただと」

堂之介は怒鳴りつけ、思わず膝を立てていた。それを鉄三が、お静かにとばかりに両手をあげて制する。

そんな仕草も頭にきた。ここが江戸上屋敷であることなどわかっている。俺はずっとこの屋敷で暮らしてきたのだから。

「どうしてやつは断る」

声だけは小さなものにした。

「今申しあげたように、自分で殺るつもりなので金は関係ない、ということです」

「ということは、やつにまかせておけば湯瀬直之進は殺してくれるということか」

堂之介の胸に明かりが灯った。

「そういうことになりますけれど、果たしていつかかることになりますやら」

胸の明かりは一瞬にして消え失せた。堂之介は鉄三をにらみつけた。

「いったいどうなっている。金だけ取られて、誰一人として仕事をまともにせんではないか」

やはり、湯瀬を殺れるのは佐之助しかいないのだろう。そのことは堂之介自身、よくわかっている。

だが、今の犬塚屋の話をきく限りでは、やつは金では動かない。

なんとか湯瀬を殺るようにたきつけたいところだが、堂之介にはいい思案が浮かばない。浮かんだところで、やつをその気にさせるのは、太陽に西からのぼってくれと頼むようなものだろう。

「おい、犬塚屋」

鉄三は、珍しくだされた茶を大事そうにすすっている。

「佐之助に、岡っ引を殺してもらったといったな」

「はい、それはこの前申しあげた通りです」

「ふつうの仕事の依頼なら、やつは受けてくれるのだな」

「そういうことになりましょう。とても鮮やかな手並みだったようです」

「だろうな」

そのすさまじい傷跡が、目にしたことがないにもかかわらず、堂之介にははっきりと想像できた。

鉄三は、与助に田光屋のことで揺すられていた。二度にわたって十五両ずつを取られたという。

もうこれ以上要求に応えるのは無理で、佐之助に依頼したのだ。

「佐之助にかかった金は五十両なのだな」

「さようです」

「ずいぶんと安いではないか」

「そうですね。沼里での仕事は、全部で五百両でしたから」

そのことは堂之介もよく知っている。一人あたり百五十両、沼里まで出張る費《つい》えが五十両だった。

そういえば、と鉄三が思いだしたようにいって膝を叩いた。

「やつはこういうことをいっていました」

堂之介は耳を傾けた。

「命知らずを二十人か。一人五両として、百両か」

　堂之介は鉄三に視線を当てた。

「湯瀬を昨夜襲った殺し屋、いくらで雇った」

「十五両です」

「とすると、残りは百両以上あるということだな」

「はい」

「それをつかって二十人の手練を集めろ」

「承知いたしました」

　堂之介は、鉄三の顔に不満の色があるのを見て取った。

「なんだ、なにかいいたいことがあるのか」

「いえ……」

　鉄三が顔を伏せる。

「いいたいことがあるのだったら、はっきり申せ」

「でしたら、申しあげます。村上さま、田光屋のようにご自分で湯瀬直之進をお討ちになったらいかがですか」

　冗談ではない。なにをいいだすのかと思ったら、まさかこんなことを口にするとは。

「できるわけがない。腕がちがいすぎる」

「さようですか」

「斬られるのならまだしも、あっという間につかまってしまうわ」

堂之介は鉄三にきつい視線を当てた。

「二度とそのようなことを申すな」

弓を引きしぼり、二十間先の的を見据える。

宮田彦兵衛は矢を放った。ひゅんという音が耳元に残る。

矢は力なく飛んで、的の手前に落ちた。

くそっ。彦兵衛は家臣の渡す矢を手荒くつかみ、つがえた。

またも当たらない。どうしてだ。さっきからもう五十本近く射ったが、的に当たったのはほんの数本だけだ。

ここが、まるではじめて足を踏み入れた矢場のような気がする。だが、紛れもなく見慣れた屋敷内の矢場だ。

よし、これを最後にしよう。

彦兵衛は矢を受け取り、弓を構えた。手前に落ちるなどというのは、引きしぼり方が足りぬからだ。

放った。今度は的の上を大きくそれていった。

「やめた」

弓を放り投げ、彦兵衛は井戸に向かって歩きだした。

「どけ」

かたわらに控えていた家臣を、手でどんと押す。家臣はあわてて平伏した。

「水を汲め」

ただいま、と家臣が駆け寄ってきた。

「おそい、はやくしろ」

「申しわけございません」

家臣が必死に釣瓶をあげる。どうぞ、といわれ、諸肌脱ぎになった彦兵衛は頭から水をかぶった。

冷たかった。身が凍ってしまうのでは、と思えるほどだ。真冬に馬鹿なことをしたと心の底から悔いた。

だが、家臣にそんな姿を見せることはできない。

「手ぬぐい」

家臣がさっと差しだす。受け取り、彦兵衛は荒々しく体をふいた。

今朝は起きたときから、どうにもならない焦燥感がある。なんとかしなければ、という思いが体の奥底からこみあげてきている。

万事うまくいっているはずなのに。

いや、ちがう。まだ湯瀬直之進の片がついていない。

気になるのはあの男なのか。まだ始末をつけられないことが、これだけわしを苛立たせているのか。

それでも、冷たい水をかぶったことがよかったのか、少しは気分が落ち着いた。

彦兵衛は手ぬぐいを家臣に返し、自室にあがりこんだ。

書見をする。なにを読んでいるのかわからなかった。

本を閉じた。ごろりと横になり、腕枕をした。

ほう、と息をつく。かたわらにある火鉢が発する熱が煙のように立ちあがり、天井を陽炎のようにぼやかしている。

廊下を渡ってくる足音がきこえた。

「殿」

彦兵衛は立ちあがり、襖をひらいた。

「なんだ」

「姫さま、健次郎さまがお越しになりました」

家臣が姫さまと呼ぶのは、娘の雅代のことだ。

客間か、ときこうとして彦兵衛はとどまった。廊下をやってくる二人に気づいたからだ。

彦兵衛は娘と孫を部屋に招じ入れた。

「よく来たな」

我が娘とはいえ、誠興の側室ゆえにていねいな言葉づかいをしなければならないのだが、娘がそのことをいやがるので、こうして屋敷うちではふつうの口をきいている。

「お父さま、今日はお城には？」

正面に座って雅代が問う。

「午後から行くことになっている。くだらぬ仕事があるゆえな」

「よかった。出仕の支度をなさっているようでしたら、帰ろうと思っていたのです」

「どうした。なにかあったのか」

「いえ、なにも。お父さまのお顔を見たくなったものですから」

横で健次郎もにこにこしている。

「健次郎、朝餉は食べたのか」

「はい、食べてきました。本当はこちらで食べたかったのですが、さすがに毎日というわけにはいきません」

こんな受け答えにも、聡明さがあらわれている気がして、彦兵衛はいとしくてならない。

「お父さま、本当は話があってまいりました」

不意に雅代がいった。

「なんだ」

「お母さまが亡くなってもう五年がたちます。後添えのお話を持ってまいったのです」

「なんと」

彦兵衛はあきれた。

「おまえは沼里城主の側室だぞ。沼里においては正室といって過言ではない。そのおまえが、どこかのお節介な女房のような真似をするでない」

「でも、お父さまのことが心配ですから」

雅代は真摯な光を瞳に宿している。彦兵衛は姿勢をあらためた。

「話だけでもきこうか」

雅代の持ってきた話というのは、雅代の年上の友人だった。一年ほど前に病で夫を失った寡婦とのことだ。子がなく、今は実家に戻ってきているという。

「とても気立てのよいお方で、お父さまも一緒にいれば気が休まるのでは、と思えるのですが」

雅代がいうのなら、本当に気立てがよいのだろう。この娘は素直でいい子だ。父親には似ていない。

そして、健次郎はこの娘から性格のよさを受け継いでいる。

「ふむ、考えておこう」

「はい、是非そうしてくださりませ」

彦兵衛は健次郎を見つめた。

この子のためならなんでもする。あらためてその決意を胸に刻みこんだ。

六

昨日もやはり同じことを考えたのだが、千勢と佐之助のことがあったせいか、まるで考えがまとまらなかった。

今日はすでに一日の仕事を終え、夕餉もすませている。

直之進は光右衛門から与えられている部屋の天井を見あげて、必死に考えをめぐらせた。

昨夜のあの男は、むろんこれまで俺を狙ってきた者の依頼であるのは、あらためて考えるまでもない。

いったい誰が依頼したのか。沼里絡みであるのは確かだ。

それにしても、どうしてこうまで執拗に狙われなければならないのか。

これまで俺が手にかけた者の仇討だろうか。

だがそれなら殺し屋ではなく、じかに討ちに来るのではないか。

これまでのやり方には、仇討という感じは一切ない。本懐を遂げるため、という一種すがすがしさを覚えさせる覚悟もない。それに、もし仇討とするなら、しっかりと名乗りをあげてから討ちに来るだろう。

殺し屋を差し向けてくるというのは、いかにも陰湿な感じがする。そんなやり口を多用しそうなのは誰か。

一人の名が思い浮かぶ。宮田彦兵衛。しかし彦兵衛とは思えない。江戸に出るのをこころよく許してくれた。もし葬るつもりがあるのなら、沼里で殺しているだろう。

そういえば、と直之進は思った。沼里で夏井与兵衛たち三人を殺したのは佐之助だ。

今さら気づくなどおそすぎるが、俺を狙う者と三人の殺しを佐之助に依頼した者は同じではないのか。

しかし、それならどうして佐之助をつかってこないのか。

もっとも、佐之助なら恵太郎の仇として俺を狙っているのだから、わざわざ雇うような真似をせずともいいのだが。

襖の向こうに人の気配がした。直之進は起きあがり、刀架の刀をつかみかけた。

「湯瀬さま、起きていらっしゃいますか」

女の声だ。おきくのようだ。

「ああ」

なぜか胸がどきどきする。どうしてこんな刻限に。もう五つ半をすぎているだろう。

「あけてもよろしいですか」

襖の向こうに立つ気配は一人ではないのに気づいた。なんだろう、と直之進は立って、襖をあけた。

おきくとおれんが立っていた。

「どうした、二人そろって」

「一緒に飲みませんか」

おきくが大徳利を抱えている。

「えっ、今からか」

「ご迷惑ですか」

二人からは風呂あがりのようないいにおいがしている。直之進は息をのみながらも心を落ち着けた。

「湯瀬さま、とてもがんばってくださっているので、私たちお礼をしたくて」

「礼などいいよ。飯も食べさせてもらっているし、給金も出るし」

「でも、それだけでは足りませんから、こうしてお酒を持ってきたんです。例の駿河のお酒です」

「ああ、杉泉だな」

駿河藤枝宿近くで醸《かも》されている酒だ。これまでも何度も飲ませてもらっている。癖のないおいしい酒だ。

「このこと、米田屋は存じているのか」

「話してはいませんけれど、もう感づいていると思います」

おきくの言葉をきいて、おれんがくすくす笑っている。

「なにがおかしいのかな」

無口なおれんの代わりにおきくがいう。

「だって、湯瀬さまの声、とても大きいんですもの。筒抜けですよ」

「ああ、そうだな」

ちらりと廊下の奥のほうに視線を投げてから、直之進は双子の姉妹に目を戻した。

「入ってくれ」

直之進は布団をたたんで隅へ押しやり、二人のために押入から座布団をだした。うずめておいた炭をだし、火鉢を生き返らせる。

おれんが湯飲みを配る。

手にした湯飲みにおきくが酒を注いでくれる。直之進は二人に注ぎ返した。

「よく来てくれた、というい方もおかしいが、とにかく飲もう」

直之進は湯飲みを傾けた。甘いことは甘いが、すっきりとした飲み口だ。くだり酒のようにとろりとはしていない。腹にしみわたる感じが強くする。

「うまいなあ」

思わずつぶやいていた。

二人は少しずつ飲んでいる。おいしいね、といい合っている。

炭に火が通り、冷えきっていた部屋はあたたかくなりはじめた。

「さっきも申しあげましたけれど」

おきくが口をひらく。まっすぐ直之進を見つめている。かたわらで淡い光を放つ行灯の灯を受けて、瞳がきらきら輝いている。

それがとても色っぽく見えた。もっとも、それはおれんも同じだった。

「私たち、湯瀬さまにはとても感謝しているんです。もし湯瀬さまがおとっつあんの代わりに働いてくださらなかったら、今頃、職を求めて店にやってくる人、いなかったんじゃないでしょうか」

　直之進は微笑した。

「おきくちゃん、それはいいすぎだ。俺はそこまでの働きはしていない」

「そんなことありません」

　おれんのほうがいった。

「おとっつあんは働き者ですけど、ここまで毎日、注文を取ってはこられないですから」

「そういうこともないだろうが」

「いえ、あるんです」

　これはおきくだ。

「そうか。それならそういうことにしておこう」

　直之進は湯飲みを空にした。すかさずおきくが注いでくれた。

「すみません、肴がなくて」

「かまわんよ。俺はもともとあまり肴は食べぬから」

二人ともあまり酒に強くないようで、うっすらと頰が桜色に染まっている。そんな表情もとてもつやっぽかった。

「米田屋はいつ治るのかな」

「さあ、いつなんでしょう。私たち、できれば治らないほうがいいって思っているんです。そうすれば、ずっと湯瀬さまがいらしてくれますから」

「それも困りものだろう。仮病なんてことはないのか」

「さあ、どうでしょう。でも、もともと働くのは好きですから、仮病としてもずっと床にいるのにじき我慢がきかなくなるんじゃないでしょうか」

「それはいえるな」

「ねえ、湯瀬さま」

おきくが呼びかけてきた。

「子供の頃、どんなお子さんだったんです」

「今とあまり変わらないかな。そんなにしゃべりもせず、だからといって人とまじわるのが苦手ということもなかった」

「剣術はいつからはじめたんです」

「侍だからな、物心つく頃には竹刀を振っていた」

「最初のお師匠さんはお父上ですか」

「まあ、そうだ」

「どんなお父上だったんです」

直之進はわずかにためらった。

「厳しい人だった。もうだいぶ前に亡くなったが」

「そうですか」

二人ともしんみりしている。

「二人はどうだったんだ。どういう子供だったんだい」

「私たちも今とほとんど変わりません。私がおしゃべりで、おれんちゃんはあまりしゃべりませんでした」

「子供の頃の思い出は？」

二人はなにがあったかしら、というように顔を見合わせた。

「ああ、そういえば」

おきくが軽く手を叩く。

「ある秋の日、犬に追いかけられたことがありました」

横でおれんもうなずいている。

「あれは私たちがまだ六つのときでした。近くで遊んでいたとき、いきなりものすごく大きな犬があらわれたんです」

おきくの顔には、そのときの恐怖と驚きが刻まれている。

「うなり声をあげて、口からはぽたぽたとよだれを垂らしていて。あまりに怖いもので、私たち、まったく動けなくなってしまったんです」

直之進は黙ってきいている。

「でも、いきなりおれんちゃんが大声をあげて泣きはじめて。その声に私は我に返り、犬はびくっとしました。私はその隙に、おれんちゃんの手を引いて駆けだしたんです」

その姿が見えるようで、直之進はほほえましい気持ちになった。

「犬は追いかけてきました。犬は逃げると追いかけてくるって、あとからおとっつあんからききました。はじめから教えておいてくれればいいのに。——逃げきれないと思って、私たち一軒の家の塀にのぼりました。でも大きな犬なので、塀の上に前足が届きそうなんです。それで、あわてて近くの柿の木にのぼりました」

直之進は湯飲みを手にしたまま、耳を傾けている。

「そしたら、いきなりこらーって声がして、見ると、箒を手にした人が家のなかから出てきました。ああ、犬を追っ払ってくれるんだな、と思ってほっとしたら、おまえたち、どこの子だい、柿の実、盗もうとするなんてぶっ叩くよって」

　直之進は笑った。

「それで？」

「下には犬がいますから、私たち、おりるにおりられません。一所懸命に説明して、その人に犬を追っ払ってもらいました」

「よかったな、わかりのいい人で」

「いえ、わかりはとても悪かったんです。犬がいるってこと、なかなか信じてもらえなかったんですから」

「ああ、そうだったのか」

「その人、手習師匠なんですよ。あまりはやっていない手習所でした」

「ふーん」

「でもそのあと何日かして、よく熟れた柿を持ってきてくれたんです。あのときは疑って悪かったなって。それで私たち、その手習所に二人して通うことになったんです。厳しいけれど、とてもおもしろいお師匠さんでした」

「今も健在なのかい」

「ええ、元気なものです。今も秋になると、柿を持ってきてくれます」

「その犬に感謝しないとな。とてもいい出会いのようだから」

「ええ、本当に」

おきくが湯飲みに口をつけた。ほぼ同時におれんも酒で唇を湿す。このあたりはいかにも双子らしい。

「本当は一人で来たかったんですよ」

顔を赤らめておきくがいった。少し酔っているようだ。

「けれど、そうもいかなくて……」

「二人とも同じこと、考えていたんです」

おれんが続ける。

「でも同じ部屋にいるから抜け駆けもできず、じゃあ一緒に行こうかってことになったんです」

「二人ともよく来てくれたよ」

直之進は二人を抱き締めたいくらいだった。千勢や佐之助のことは忘れ、この家でずっと暮らしてゆくのもいいな、と酒が喉をくぐってゆくのを感じながら強く思った。

七

ぐびりと音を立てて酒を飲んだ。

目の前には千勢。瞬きすることなくにらみつけてきている。

「そんな怖い顔、しなさんな。おまえさんには似合わんぜ」

佐之助はまたも料永を訪れていた。

「なにしに来たのです」

千勢が鋭くいう。

「知れたこと。こうして酒を飲むためさ」

佐之助は杯を掲げてみせた。

「帰ってください」

「なんだ、冷たいな。今宵は命を狙うつもりはないのか」

「はやく帰って」

佐之助は酒を口に流しこみ、杯を箱膳の上にとんとのせた。

「おまえさんはこの店の女中だろう。そんなことといってはまずいんじゃないのか」

千勢は黙りこんだ。

佐之助は手酌でちびちびとやった。烏賊の刺身に箸をのばす。

「ふむ、値の割にはまずまずだな」

佐之助はまた酒を飲んだ。

「子供の頃、刺身というものが食いたくてならなかった。その日の暮らしもままならぬような貧乏御家人に、刺身のような高直《こうじき》な物、食えるはずもなかったからな。長じてからようやく場末の煮売り酒屋で食ったが、そのときは生臭さしか感じず、なんだ、こんなものかと思った。この程度の物にずっと憧れていたのかと思ったら、情けなかったな」

佐之助は鯵の刺身を食べた。

「うむ、うまい。——食わんか」

「けっこうです」

千勢はにべもなく断った。

「そうか」

佐之助は箸と杯を箱膳の上に置いた。

「おまえさん、子供の頃、どんな娘だったんだ」

「あなたなどに答える必要はありません」

「剣術はどこで習った」

千勢がかすかに瞳を動かす。

「俺が知っているのにびっくりしたか。そんなのは、身ごなしを見ればわかる。それに、あの沼里の寺、妙旦寺とかいったか、あの寺で俺を見たとき、俺が遣い手であるのを見抜いたよな。そのくらいの目があれば、剣が遣えるのは見当がつく」

千勢は無言だ。熱湯のなか、頑なに口をあけまいとしているあさりのようだ。

「いい剣術師匠についたんだろうな。男か、師匠は」

千勢は答えない。

「子供の頃、おまえさん、湯瀬を知っていたのか」

直之進の名を耳にしても、千勢の表情に変わりはない。

「知らんようだな」

佐之助は手酌で酒を注いだ。

「やつは評判の剣士だったのか」

「いえ」

はじめて千勢が答える。どうやら黙っていることに飽いたようだ。それとも、油断を誘うつもりなのか。

「ほう、そうか。やつが遣い手であることをいつ知った」

「江戸に出てからです」

「一緒に暮らしていたのは、一年ほどだったらしいな。そのあいだ、知らなかったというのか」

千勢はかすかに顎を引いただけだ。

「だったら、はじめてやつの剣を目の当たりにして、驚いただろう」

千勢はまた顎を動かした。

「前にもいったが、やつは裏の仕事をしているぞ。刺客といった類の仕事だな。人を殺してもいる」

千勢の顔には、そうかもしれない、という色が浮かんでいる。

「少しは俺の言葉が信じられるようになってきたようだな」

佐之助は軽く咳払いをした。

「おまえさん、どうして藤村円四郎という男に惚れたんだ」

千勢がびくりとする。瞳に憎しみの炎が宿った。

「剣術道場が一緒でした。私は、男の人にも負けぬ腕を身につけていました。それは藤村さまがずっと教えてくださったからです」

「師匠も同然の男だったのか。それが恋心に変わったということか。藤村は受け入れてくれたのか」

「一度だけ、手を握り合いました。妙旦寺です」

「ほう、あの寺か。その後、うまくいかなかったのか」

「藤村さまに縁談がありました。むろん、私ではありません。藤村さまは断りたかったようですが、相手が上役の紹介ではどうにもならなかったようです」

「しょせん婚姻は家と家だからな。好きな女がいるから、と男が力んだところでどうにもならん」

千勢がじっと見ている。

「あなたにも好きな人がいたのでしょう？」

「ああ」

「どんな人です」

「やさしくて包丁の達者な女だった。美しくもあった」

「今はどうしているのです」

「死んだよ。病だ」

「なんの病です」

「肺だ」

「名はなんと」

佐之助はしばらく黙った。

「晴奈《はるな》だ」

「よい名ですね」

「当然だ」

その後、佐之助はなにを話していいのかわからなくなった。千勢も同じなのか、口を閉ざしている。

佐之助はちろりを傾けた。空だ。

「おかわりをくれ」

千勢が立ち、襖をあける。静かに出ていった。

千勢がいなくなり、部屋の重みが消えたように感じられた。これはどういうことか。

俺はかたくなっているのだ。

くそっ。どうかしている。この俺が女を前にしてかたくなるなど。

ため息が出た。杯にわずかに残った酒をなめるようにして飲む。苦いばかりでうまくなかった。

千勢が戻ってきた。ちろりを持っている。そっと箱膳の上に置いた。

「酌をしてくれ」

佐之助は杯を突きだした。千勢が目をみはりかけたが、なにもいわずちろりを手にした。

酒で満たされた杯を一息であけ、とんと音をさせて箱膳の上にのせた。

「おまえさんも飲まんか」

「けっこうです」

千勢が首を振る。佐之助はすばやく手をのばし、抱き寄せようとした。

「なにをするのです」

頬を張られた。

激しい音がした。もちろんよけようと思えばよけられたが、この痛みが目を覚ましてくれるのを佐之助は期待した。

千勢はにらみつけている。

佐之助は見つめ返した。二つの視線が宙で絡み合う。

きらきらした瞳がとても美しい、と佐之助は目を離せなかった。

目が覚めるのでは、との願いは無駄でしかなかった。

八

父は眠っている。

部屋の隅で控えめな明かりを灯す燭台の光が、昏々《こんこん》と眠る横顔をぼんやりと照らしている。少し息の荒さはあるが、眠りは安らかだ。

又太郎は安心した。この分なら、まだ大丈夫だろう。

今宵は飲みにも行かず、女郎宿に出かけるつもりもなかった。

日増しに弱ってゆく父を目の当たりにするのがいやで、ここしばらく夜遊びばかり繰り返していたが、さすがにもう逃げてはいられない。

覚悟を決めるしかないようだ。又太郎は誠興の枕元に座り、父の顔をじっとのぞきこんだ。

誠興がなにか寝言をいい、寝返りを打ちそうになったが、体がいうことをきかないのか、結局はほとんど動かなかった。

老いたな、と思う。顔には深く刻まれたしわが一杯だ。目尻には涙の跡のように目やにがたくさんついている。

又太郎はそれをぬぐってやった。

いつこんなに老いてしまったのか。これで五十二というのは信じがたい。又太郎には暗澹たる思いしかない。

俺が遊びにうつつを抜かしてもなにもいわなかった父。自分に対する大いなる信頼を感じていた。

しかし、ついに怖れていたときが間近に迫ってしまった。もはや先送りすることはできない。

胸に重苦しさを感じた。

父はもう助からない。あと数日の命だろう。もって十日あるだろうか。

悲しくてならない。

父が死んだらどうなるのか。そんな不安も胸を締めつける。

死なないでほしい、と心から願う。だがそれは、海の水を涸らすのと同じくらいむずかしいだろう。

堰を乗り越えるように涙が出てきた。次から次へと出てきて、とまらなくなった。

しずくが父の頬に落ちる。ふき取ろうとして、又太郎は手をとめた。わずかな間をあけて、誠興が目をひらいたからだ。

自分が今どこにいるのかわからないような表情をし、それから瞳が又太郎をとらえた。それでも、そこにいるのが誰か、見極めるような顔つきをしていた。

「どうした」

ようやく又太郎であるのを認めた。声はひどくしわがれ、ほとんど唇の形だけでいっている。

つやと張りがあり、家臣たちを畏れ入らせた声が嘘のようだ。

「父上」

そのあとは続かなかった。

誠興が手をのばしてきた。又太郎の手の甲に触れる。

その手はひどく冷たかった。人のものとは思えなかった。もう半分、あの世の人になってしまっているかのようだ。

「おまえに悲しんでもらえて、うれしいよ」

誠興の声にかすかな張りが戻る。

「だが泣くな」

ぽんぽんと手の甲を叩く。軽く叩いているが、父が必死に力をこめていることは、又太郎にはよくわかった。

「おまえは子供の頃から泣き虫だったな。その分、人の心がよくわかり、とてもやさしい子供だったが。わしはおまえが人の上に立つ者として少しやさしすぎるんじゃないか、と思っていたが、それは杞憂にすぎなかったようだな。心も体もとてもたくましい男に育ってくれた。自慢のせがれだ」

ふう、と疲れたように息をつく。その顔が父に見えず、また涙が出てきた。

「泣くな、又太郎」

誠興はほほえんでいる。

「おまえ、いくつになった」

「十九です」

「もう大人だな」

「いえ、まだ子供です」

「そのようなことを申すな」

誠興が戒める。

「しかし、十九になってもやはり泣き虫は直らんか」

誠興が訥々《とつとつ》と話しだした。

「又太郎、子供の頃のことを覚えているか。飼い猫が死んだことがあったであろう」

「はい、ございました」

「わしが沼里に帰国するときにやった猫だったな。わしが帰るのがいやでいやで、おまえはずっと泣いていた。それでわしの代わりになれば、と思ってやった猫だったが、一年たってわしが江戸にやってくる寸前、死んでしまったそうだな。おまえは死なせてしまったことをわしに謝った」

とてもかわいがっていた猫だった。又太郎の胸に、そのときの悲しみがよみがえってきた。

「おまえは病に冒された猫を、一所懸命看病したそうだな。寝ない夜もあったそうではないか。そのやさしさを耳にして、わしはいつあとを譲っても大丈夫だと思ったものだ。猫にやさしくできる者が、民にやさしくできぬはずがない」

「それがしは、そこまで考えておりませんでした。ただ、父上からせっかくいただいた猫を、死なせたくないという思いしかなかったように」

「それはそれでよい」

誠興が目をつむる。すぐにひらいた。

「おまえに一年置きに会うのがとても楽しみだったよ。一年ごとに大きくなってゆき、今ではこんな偉丈夫だ。本当にたくましくなったな」

疲れたように父はまた目を閉じた。息をしているように思えなかった。死んでしまったのでは、と又太郎は恐怖を覚えたが、かすかな息の音がきこえた。

誠興が不意に目をあけた。それがあまりに唐突で、又太郎はどきりとした。

「又太郎、今宵、遊びに出るのか」

「いえ、行きませぬ」

「そうか。今も一人で行っているのだな」

「はい」

「まわりの者は心配せぬか」

「心配していると思います」

「わしもおまえと同じだった」

「なにがでしょう」

「わしも一人で夜遊びしたものだったんだ。楽しいよな。又太郎、やめられんだろう」

「はい」

「すまんな、又太郎」

「なにを謝られるのです」

「わしが死んだら、もう一人で遊びに行けぬではないか。おまえから楽しみを奪うのが申しわけなくてな」

「そのようなことはどうでもよいのです。それがしは、父上が治ってくれることだけを願っています」

「ありがとう。でもわしはもう無理だ」

「そんな気弱なことを……」

「これがわしの寿命だ。又太郎、あとを頼む」

再び目を閉じた。静かな寝息を立てはじめる。

どす黒い顔をしている。さっきより顔色が悪くなったように見える。

いや、まちがいなくそうだ。

無理をさせてしまったのだ、と気づき、又太郎は心が海の底に沈んだような気分になった。

九

椀に残った味噌汁をずずっと飲みほす。

一切れの豆腐が口のなかに滑りこみ、それを潰すように咀嚼してから喉をくぐらせた。

直之進は椀を箱膳に置き、たくあんをぽりぽりやった。

「おかわりは？」

台所の土間からおきくがきく。

「いや、もうけっこう。腹一杯だ」

「今日は少食なんですね」

「三杯食べたからそうでもないだろうが、ちょっとまだ昨夜の酒が残っているかな」

おきくがすまなそうにする。

「ご迷惑でしたか」

「とんでもない。とても楽しかったよ。また一緒に飲みたいな」

直之進がいうと、おきくがうれしそうに笑った。若い娘らしく、顔全体がつやつやと輝いている。

「ごちそうさま」

直之進は空になった湯飲みを箱膳にのせ、立ちあがった。

「お粗末さまでした」

「とてもうまかったよ」

台所脇の部屋を出た直之進は、そのまま外に出ようとしたが、ふと思いついた。廊下を歩き、突き当たり右手の襖の前に立った。

なかに声をかける。

「ああ、湯瀬さまですか。お入りください」

応《いら》えがあり、直之進は襖をあけた。

光右衛門は布団の上で正座していた。

「おはようございます」

おはよう、と返して直之進は座りこんだ。光右衛門の目が赤いのに気づく。どうやら涙の跡のようだ。

「おぬし、もう加減はよいようだな」

「いえ、まだ駄目でございますよ」

わざとらしく咳をしてみせる。

「今、鼻毛を抜いていたのだろうが」

光右衛門がぎくりとする。

「とんでもない」

「目が赤いのはそのせいだろう」

「いえ、そんなことはありませんよ」

「声にも張りがあるし、もうだいぶよくなっているのはまちがいないな」

「いえ、まったく駄目ですよ。まだ熱も引かないですし」

光右衛門は布団に顔までもぐりこみ、またもごほごほと咳をした。

「あー、苦しい。死にそうだ」

そんな声を布団から発した。穴倉のうさぎのようにぴょこんと顔をだす。

「湯瀬さま、この通りです。本復など遠い先のことですよ」

直之進はにらみつけた。

「仮病だな」

「とんでもない」

わざとらしく額に手を当ててみせる。

「いけません。また熱が出てきたようです」

目を閉じる。そのままなにもいわなくなった。

「相変わらず狸だな。これが本当の狸寝入りだ」

やれやれと直之進は立ちあがり、部屋を出た。静かに襖を閉めようとした。

光右衛門が目をあけて、こちらを見ていた。

「湯瀬さま、昨夜は楽しかったですか」

直之進は光右衛門の枕元にあらためて腰をおろした。

「とても楽しかった」

「それはよかった」

光右衛門は柔和な笑みを浮かべ、すぐに真剣な表情になった。

「いかがです。どちらかを嫁にしよう、という気になられましたか」

直之進はかすかにうろたえた。光右衛門に昨夜の心のうちを見抜かれたような気がした。

「そんなことがあるはずなかろう」

仕事に行ってくる、と告げて光右衛門の部屋をあとにした。

台所で洗い物をしているおきくと、庭で洗濯をしているおれんに出かけてくる、といって直之進は米田屋の暖簾を外に払った。

さすがだな、と強く吹く風が土埃を舞いあげるなかを歩きつつ光右衛門のことを思った。だてに年を食ってはいない。

どちらかを嫁にしたいという気持ちは確かにある。だがそれは、千勢や佐之助などすべての片がついてからだろう。

それはいったいいつになるのか。

今日はそういうことは考えないことにしよう。直之進は心に決めた。

いろいろな店をまわり、順調に注文をもらってゆく。

昼になる前から腹が減ってきた。三杯も食べたのに、こんなにはやく空腹を覚えるなど、やはり働くのはいいことなんだな、と思った。

嫁のこととは関係なく、このまま光右衛門が働かせてくれるのだったら、米田屋に居ついてもよかった。

その流れでどちらかを嫁にする、ということになるのなら、と直之進は思った。とても自然でいいのではないか。

しかし、それも千勢や佐之助のことがどういう形でけりがつくか、にかかっている。ただ、そんなに遠い話ではないような気がする。

目についた一膳飯屋に入り、先客たちが食べているのをちらりと眺めてから適当に注文した。

鰯《いわし》の丸干しが主菜になったが、かすかに感じられる苦みが醬油とよく合い、飯は進んだ。わかめの味噌汁も味噌自体にこくがあり、うまい、と思わずうなったほどだった。

昼飯のあともいろいろなところに出入りしては、注文をもらっていった。ときがたつのが実にはやかった。

夕暮れの気配が漂いはじめたのを知り、直之進は米田屋に帰ろうと思った。

仕事を切りあげるのには少しはやい刻限かもしれないが、今日はこれまでで最高の注文をもらうことができた。

これだけ働けば、光右衛門にもなにもいわれないにちがいない。

急ぎ足で歩く。また腹が空いてきている。今日はなにを食べさせてもらえるのか。

最近では帰路に、このことばかり考えるようになってしまった。

ふと右手の路地から三人の浪人らしい男が出てきた。一瞬、刺客かと感じ、足をとめて身構えかけたが、どうやらちがうようだ。

どうもぴりぴりしているな。直之進は体から力を抜き、浪人から視線をはずして再び歩きだした。

「おい、ちょっと待て」

うしろから声をかけられた。

「きさまだ」

俺なのか、と直之進は振り向いた。さっきの三人の浪人が近づいてきた。

「今、目が合ったな」

やせ気味の浪人がいう。着物は垢じみており、酒毒におかされたように目が血走っている。

「きさま、わしらを貧乏浪人と見て、憐れむ目をしおったな」

これはなんだ、と直之進はいぶかった。こうして因縁をつけてくるのは、金目当てだろうか。

叩きのめすなど造作もなかったが、それもかわいそうだった。まわりには人の目もある。ここは商人になったつもりで、慇懃に頭を下げることにした。

「それは申しわけない。そう見えたのなら、謝る。他意はなかった」

「謝ったところですむものではないぞ。――来い」

腕を引かれた。直之進はさすがにむっとしたが、この因縁のつけ方はあまりに妙だ。なにかあるのでは、と察し、浪人の手を振り払う真似はしなかった。

連れていかれたのは、近くの神社だった。冬というのを除いてもいかにも寒々しい感じがする神社で、一目で無住なのがわかった。まわりを深い木々に囲まれ、そのことだけが神域らしい重々しさをわずかに醸しだしている。

直之進は小さな本殿前に押しだされた。

「おい、本当にこいつなのか」

浪人の一人が、隣の浪人にささやきかけるのがきこえた。

「まちがいない」

一人がささやき返す。

「だがあまりに歯応えがなさすぎるぞ」

「それはそれでけっこうではないか」

やはりな、と直之進は思った。ここに連れてくるのが目的だったのだ。本殿の裏に人の気配が満ちているのをすでにさとっている。

「出てこい」

最初に因縁をつけてきたやせた浪人が叫ぶ。その声に応じて、二十名近い浪人がぞろぞろと姿をあらわした。

全員が殺気を放っている。刺客だ。直之進は瞳を光らせて、見渡した。

今度は数頼りか。それにしては半端な数だ。金で釣られた者たちだろう。

見たところ、目をみはるような遣い手は一人もいない。そこそこの腕を持つ男もちらほらいたが、直之進の相手ではない。

むろん真剣で戦う以上、油断は禁物なのだが、この程度の男たちなら、いくら数をたのんだとしてもやられることはあるまい。

「やれっ」

首領格らしい浪人がさっと手を振った。

おう、と応じて浪人たちがいっせいに抜刀した。

夕闇が漂いはじめた境内のなか、木々のあいだを縫って射しこんでくる日の名残に白刃をきらめかせて、襲いかかってきた。

どの目にもぎらついたものがある。おそらく、と直之進は思った。この首に金が懸けられているのだろう。

直之進に刀を抜く気はなかった。

なめるなっ。怒号して浪人の一人が袈裟に振りおろしてきた。

直之進はその斬撃を避けるや、すっと身を寄せて腹に拳を叩きこんだ。ほとんど鍛えていないのがわかる、ぐにゃとした感触が手に残った。

苦しげに腰を折った男から、直之進は刀を奪い取った。ひゅんと振る。なまくらそのものだが、この男たちを叩きのめすにはちょうどいい。

またも命を狙ってきたことに、猛烈に腹を立てていた。金で人を殺すことに、なにも感じていないらしい目の前の浪人たちにも怒りを覚えている。

「容赦はせんぞ」

浪人たちに宣した。

どうりゃ。左から刀を振りおろしてきた。存分に体の重みをのせている。

この男はかなり遣えた。直之進は遣い手から叩きのめしてゆくつもりだった。

さすがに二十人を相手にしては疲れきるだろう。

まず遣い手たちをぐうの音も出ぬほどにしてしまえば、ほかの者たちは怖れをなして逃げだすにちがいない。

直之進は斬撃をぎりぎりまで見極め、さっと体をひねった。刀が右肩をかすめてゆく。

直之進には余裕があった。がら空きの胴に峰を返した刀を打ちこむ。

ぐえっという声をだして、浪人が両膝をついて倒れこんだ。

直之進は遣い手を捜した。いた。左で刀を構えている。

たいした腕の持ち主ではない浪人たちの刀を難なくかわし、直之進はその浪人の前に進んだ。

自分が狙われていることを知り、浪人が上段に刀を構えた。気合とともに斬撃を見舞ってきた。

直之進は刀で弾きあげ、浪人がさらに狙ってきた胴を打ち払った。その衝撃で浪人の体勢がかすかに崩れる。

直之進は見逃さず、肩先に峰を叩きこんだ。骨が折れたような音がし、浪人が顔をゆがめた。いまだに刀を手にしてはいるが、もう戦う力はない。

さらに直之進は三人の遣い手を、一方的に攻め立てて戦えなくした。

ほかの者たちは直之進のあまりの強さに呆然とし、動けなくなっている。

「やれ、こいつを殺せ」

最初の浪人がわめく。

「こいつを殺せば、いくら手に入るか、思いだせ」

その言葉で浪人たちの顔に生気が戻った。次から次へ刀を振りあげ、突っこんできた。

直之進は刀を振るい、数瞬で五名ばかりを地面に這わせた。

気づくと、かかってくる者はいなくなっていた。

「やれ、やれ、やるんだ」

最初の浪人はひたすらわめくばかりだ。

直之進はその浪人から目をはずした。

「まだやるのか」

そういって、他の浪人たちをぎろりと見渡す。刀を構え、ずいと前に出る。

無傷でいるのは十名足らず、といったところか。

その浪人たちの顔は、闇が深まったなかでも蒼白であるのがわかった。

直之進が前に進み、刀を片手で振りかざすと、一人が、わあ、と声をあげ、体をひるがえした。それにつられて数名の浪人が走りだす。

いまだに残っている何名かを、直之進はにらみつけた。それで最後の気力も絶えたようだ。残りの者も境内から逃げだした。

最後までいるのは、首領格と思える男だ。この男はたいしたことはない。

けなげにも刀を構え、斬りかかってきた。直之進はかわすまでもなく、刀のはやさでまさった。腹に刀が吸いこまれた。

どす、という鈍い音がし、男は刀を放りだすようにして前のめりに倒れた。

直之進は息も絶え絶えの浪人たちを見た。誰も立ちあがれない。きこえるのはうめきと身動きしようと土をかく音だけだ。

刀を投げ捨てた直之進は首領格の男に歩み寄り、片膝をついた。

「おい、雇い主は誰だ」

男はうつむいたまま無言だ。苦しげに息を吐いている。

直之進は髷をつかみ、顔をあげさせた。

「答えろ」

それでも男は口を引き結んだままだ。

仕方ないな。直之進はつぶやき、腕に力をこめて顔をのけぞらせるようにし、喉に手刀を浴びせた。

ぐえっ、と声にならない声をあげ、男は苦しがった。激しく咳きこむ。

「まだいいたくないか」

直之進は再び手刀を振りあげ、その姿が男の目に入るようにした。

「いう、いうからやめてくれ」

男は懇願した。

「よし、いえ」

「煮売り酒屋で誘われたんだ」

「誰に」

「知らぬ男だ」

直之進はまた手をあげた。

「本当だ、本当に知らない男だったんだ」

「どんな男だ。侍か」

「ちがう。商人のように思えた」

「商人?」

どうして、こんなところに商人が出てくるのか。

「その商人は名を名乗ったのか」

「いや」

「どういうふうに誘われた」

「煮売り酒屋で仲間の四人と飲んでいたら、いつの間にか横にいたその男が酒を勧めてきた。それで、いい仕事があるのですが、といってきたんだ」

「見も知らぬ者の話に、そんなにたやすくのったのか」

「五両くれるというものだから。しかもおぬしを殺した者には包み金一つ、ということだった」

二十五両だ。直之進は内心、苦笑するしかなかった。ずいぶん安く見られたものだ。

「二十五両は後金だな。その金をもらうために、またその商人に会うのだな」

「そうだ」

「どこで会う」

「ここだ」

「なに」

「さっきまでその本殿の裏あたりにいたはずだ。わしたちの戦いぶりを見ていたと思う」

そうだったのか。直之進はまるで気づかなかった迂闊さを恥じた。

「その商人が声をかけてきた煮売り酒屋はどこだ」

浪人が答える。直之進は頭にその名と場所を刻みこんだ。

「その商人にまた会ったら、顔はわかるか」

「わかると思う」

「よし、今日は見逃がしてやる。ただし、その商人に会ったり見かけたりしたら、必ず教えろ」

期待はほとんどできないが、いわないよりはましという気分だった。

「俺の居場所は知っているな」

男がうなずく。商人から、米田屋のことはすでに知らされている顔つきだ。

「よし、行け。きさまの住みかはきかんでおこう」

直之進は立ちあがり、きびすを返した。浪人たちを一瞥することなく、歩きだす。

鳥居を抜けた。商人か、と思った。いったい何者なのか。

どうして、こんなところで商人が出てくるのか。商人にうらみを買ったことがあっただろうか。

そういえば、と直之進は思いだした。一人、宮田彦兵衛の意に染まない商人がいて、その者を脅したことがある。

あの男だろうか。

だが、たっぷりと餌を与えられた飼い犬のように従順になっている、と以前、彦兵衛からきかされたことがある。

であるなら、あの商人に俺を狙う理由はない。

となると、別の者だ。

いったい誰なのか。

直之進は、まだ見えてこない男を闇のなかににらみつけるしかなかった。

第三章

一

廊下をやってくる足音がした。

そのただならなさ、あわただしさに宮田彦兵衛は文机の上の本を閉じた。

「殿」

障子越しに家臣の声がした。

「江戸から急使がまいりました」

「よし、庭に連れてまいれ」

はっ。家臣が廊下を去ってゆく。

急使か、と彦兵衛は思った。ついにときが来たのだろうか。

彦兵衛は庭に面した障子をあけ、濡縁に出た。

家臣につき添われて、旅姿をした侍がやってきた。江戸上屋敷の者で、村上堂之介の配下だ。

彦兵衛は濡縁に腰かけた。侍が一礼して目の前にひざまずく。

「書状を預かっております」

侍が懐から取りだし、差しだしてきた。

彦兵衛は書状に目を落とした。予期した通りの内容だった。

「ご苦労だった。下がって休むがよい」

侍は再び一礼して、下がっていった。

彦兵衛は手近の家臣に命じた。

「旅支度をせよ。明日、江戸へたつ」

村上堂之介から届いた書状は、誠興がいよいよ危篤と知らせるものだった。

もはや余命幾ばくもない、と記されていた。もう十日ももたないのではないか、とのことだ。

宮田彦兵衛は駕籠にのり、江戸に向かった。沼里を出て箱根を越え、小田原で一泊し、さらに戸塚でもう一泊した。

三日目の夕刻、江戸小川町にある上屋敷に到着した。

その日は誠興は寝ているということで会うことはできず、面会は翌日になった。

翌日は朝から、誠興の居室近くにつめていた。ただし、なかなかお呼びはかからなかった。

じれるというほどのことはなく、彦兵衛としては、楽しみはできるだけ先のばしにしたほうがよい、という心持ちだった。

昼すぎになり、ようやく誠興の前に出ることを許された。敷居際で平伏してから、誠興の居室に入る。

誠興は布団のなかだった。意識がない。ときおりうなされる。顔はどす黒く、しわだらけだ。

つい十ヶ月ほど前、参勤交代のために沼里を出立したときにはこんな顔をしていなかった。元気一杯だった。

いったいなにがどうなって、こんなになってしまったのだろう。同じ人物とは信じがたいものがある。

それにしても、と主君の顔を眺めて彦兵衛は、誰が面会の許しをだしたのだろう、といぶかった。

「彦兵衛、久しいな」

快活な声をかけ、若者がやってきた。彦兵衛の隣に静かに腰をおろす。

誰だろう、と彦兵衛は考えた。すぐに答えが出て、息を飲んだ。

「は、ご無沙汰しておりました」

あわてて両手をつき、頭を下げた。

「そんなに堅苦しくならんでよい。父上の前だ」

はっ。彦兵衛は顔をあげた。

偉丈夫だった。又太郎は明らかに成長していた。目の前の若者は、自然に畏怖を抱かせるものを備えている。

これが子供の頃は泣き虫、という評判だった男なのか。

信じられない。立派な男に育った、と手の者の報告でも知らされていたし、噂としても入ってきていた。

しかし、今は女遊びにうつつを抜かしているということで、手は打っていたものの、あまり気にはしていなかった。うつけ者だろう、と。

だがこうして成長した又太郎を間近で見ると、やはりもっとはやくじかに見ておくべきだったと思い知らされた。そうすれば、いろいろな手を打つ準備ができたはずだ。

いや、まだおそくはなかろう。

彦兵衛は、健次郎と見くらべている自分を見つけた。健次郎は、ここまでの威厳というものを認めたくはないが、孫はこの男に劣る。健次郎は、ここまでの威厳というものはたたえていない。

長ずれば、あるいは凌駕できるかもしれない。健次郎もそれだけの器量はある。

一刻もはやく殺さなければ。猛烈な殺意が浮かびあがる。この男を亡き者にしなければ、健次郎に将来はない。

それに、この男は宮田家が牛耳る政の邪魔になる。直感だが、この見立てにまちがいはないはずだ。

殺すにしても、手立てはどうするか。

考え続ければ、きっとなんとかなるだろう。こういうこともあろうかと、ずっとこの男を見張らせていたのだから。

「どうした、なにを考えている」

「いえ、なにも。失礼いたしました」

　又太郎がにっこりと笑う。

　思わず引きこまれるような笑顔だ。太守《たいしゅ》と呼ぶにふさわしい。

「彦兵衛、元気そうではないか」

　声も深みがあって、響きがよい。もし一喝されたら、ほとんどの家臣は畏れ入って平伏してしまうのではないか。

「は、若殿もご健勝にあらせられ、心よりお慶び申しあげます」

「健勝か。今の父上の前ではあまりふさわしくない言葉だな。――ところで彦兵衛、父上にはかわいがってもらっていたか」

「はばかりながら、それがしはそう思っております。国元にあらせられるときは、常に彦兵衛、彦兵衛、とおそばに呼んでいただきました」

「そうか。重用されていたのだな」

　俺が跡を継いだらそうはいかんぞ、と宣しているような気がした。

「ではそれがし、これにて失礼いたします」

「うむ、また会おう」

　彦兵衛は追われるようにして、誠興の部屋を出た。いやな汗をかいている。

わしが気圧されるとは。

彦兵衛は自室に戻ろうとした。思い直して、村上堂之介の用部屋に向かった。

堂之介は彦兵衛が到着したのを知って、昨夜、さっそく挨拶に来ている。

自室に呼びつけてもよかったが、彦兵衛はそのときすらも惜しかった。

「昨夜はご酒をたまわり、まことにありがとうございました」

目の前に正座した堂之介が感謝の言葉を述べる。

「そんなのはどうでもよい」

苛立ちを隠さず彦兵衛はいい、命を発した。

「急ぎ手練を集めよ」

「は、手練でございますか」

「そうだ」

「何名でしょう」

堂之介の顔には戸惑いがある。

「村上、どうしてそのような顔をしておる」

堂之介が顔の汗を手ふきでふいた。

「はよう答えよ」

堂之介が、またも直之進殺しにしくじったことを報告した。しかも二十名もの浪人に襲撃させたという。

「どうして昨夜、報告しなかった」

「長旅でお疲れと思いまして。こんな知らせを、お耳に入れるのははばかられました」

「また疲れがぶり返したわ」

彦兵衛は身を乗りだした。

「村上、おまえ、また湯瀬を狙うと思っているのか」

「ちがうのですか」

「ちがう」

「では誰を」

「寄れ」

堂之介が膝行《しっこう》する。彦兵衛は耳打ちした。

げえっ、と堂之介が妙な声をあげた。

「やつは、今も女郎買いをしているのであろう」

「どうしてそれを」

「おまえ以外に人を撒いてある。女郎宿の往き帰りを狙うのであれば、四人もいれば十分だろう。ただし、選り抜きの手練にしろ」

堂之介の顔にはおびえがある。主殺しはやりたくない、と書いてあった。

彦兵衛はにらみつけた。

「やるんだ。ここまでともに進んできて、今さら立ちどまるのは許さん。よいか、物取りの仕業に見せかけるのを忘れるな」

「これは村上さま、いらっしゃいませ」

犬塚屋鉄三は驚きを隠して出迎えた。店に堂之介がやってきたのははじめてだ。これが夜だったら入《い》れないところだ。

「どうして、手前を呼びつけなかったのでございます」

「おえらい方が見えているのでな、今は呼びにくい」

「おえらい方ですか。もしや――」

「そのもしやだ。宮田彦兵衛さまよ」

堂之介からきかされている。

中老の宮田彦兵衛こそがいろいろと画策している中心人物であるのを、鉄三は堂之介からきかされている。

「どうして宮田さまは見えたのです」

「誠興公が病の身であるのは存じておろう」

「では、もう？」

「そういうことだ」

それにしても、堂之介は顔色が悪い。げっそりとやつれている。

「あの、宮田さまになにかいわれたのでございますか」

客間に導き入れて、鉄三はたずねた。

「相変わらず勘がいいな。ああ、とんでもないことを命じられた」

「どのようなことです」

堂之介が耳打ちしてきた。湿った吐息を吹きかけられて、気持ちが悪かった。

しかし中身をきかされた今、気持ち悪さなど飛んでいた。

「まことでございますか」

「まことよ。手練を四名、集めてくれ」

「わかりました」

「なんだ、今日はずいぶん素直ではないか」

「湯瀬直之進を狙うわけではありません。とんでもない手練を雇い入れる必要はありませんから、その点では少し気楽です」

堂之介が見つめてくる。

「やってくれるのだな」

「はい、やらせていただきます」

鉄三としてはやりたくなかったが、仕方なかった。もうずいぶんと汚れ仕事をやってきている。

今さら手が汚れるからと、断る理由はなかった。しかも、堂之介は二百両もの金を渡してきたのだ。

「では、頼むぞ」

「承知いたしました」

堂之介はこれでやるべきことはやったとばかりに、そそくさと帰っていった。

「さて、どうするか」

鉄三は独りごちた。佐之助がいいが、今回の標的を考えれば、あそこまでの遣い手は必要ない。

「そうだ」

鉄三はこの前、佐之助に紹介してもらった殺し屋にもう一度つなぎを取った。

殺し屋とは、佐之助と会う稲荷で待ち合わせた。その殺し屋に、さらに三名の者を手配りしてもらうように頼んだ。

「報酬は？」

「一人頭包み金一つ、ということではいかがですか」

「二十五両か。気前がいいではないか」

「畏れ入ります」

頭のなかで鉄三は、これで百両の儲けだ、と計算していた。

まったくちょろいものだった。

二

暗いなか、門人たちは寒風が吹きつけている道に足を踏みだしてゆく。

「じゃあ、また明日だ。ちゃんと朝稽古に来るんだぞ」

琢ノ介が酔っ払っている門人たちに声をかけている。もっとも、琢ノ介も酔っていて、ろれつがまわっていない。

「わかってますよ。明日は師範代、こてんぱんにのしてあげますからね」

「おう、できるものならやってみろ」

琢ノ介が又太郎のもとに戻ってきた。

「弥五郎の野郎、大口ばっかり叩きやがって。明日は実力のちがいを見せつけてやる」

「でも弥五郎どの、強いよな」

「ああ、筋は門人たちのなかでは一番だろう」

琢ノ介が又太郎を見て笑う。

「なにがおかしい」

「又太郎どのもあのくらいの素質があったら、侍として恥ずかしくない腕になれただろうに」

「俺は剣はいい。剣などより、今は楽しいものがある」

そういうと琢ノ介が期待に目を輝かせた。

「今宵も行くのか」

「つき合ってもらえるか」

「誰が断るものか」

又太郎は、これまで琢ノ介を連れていったことのない女郎宿に案内した。

「ほう、こんなところにもあるのか」

ここもまた寺だった。

「いい女がそろっているのであろうな」

「俺が案内したところで、そうでないところがあったか」

「その点はおぬし、実に鼻がきく」

「鼻がきくわけではないさ。地道にいろいろなところに通った結果だ」

「じゃあ、わしにいいところだけを教えてくれているのか」

「むろん。選びに選び抜いたところだけよ」

「そりゃ、実にうれしいな」

その夜、又太郎は寺に泊まる気はせず、琢ノ介と二人して帰途についた。

琢ノ介が小田原提灯を持ってくれている。そのおかげで、足元はさして暗くなかった。

ただ又太郎たちが寺で楽しんでいる最中、風向きが変わったのか、先ほどまでの冷たい風とは一転、今は南からの湿ってあたたかな風が吹いている。

真冬なのに、こんなにあたたかな風というのも珍しい。日頃、あまり厚着をしていない身にはありがたかった。

そんな風に吹かれて歩きながら又太郎は、今日、会ったばかりの中老の宮田彦兵衛を思いだした。

考えてみれば、あの男にははじめて会うも同然だった。幼い頃会ったことがあるのだが、覚えはほとんどない。

ただの中老にもかかわらず、三人いる国家老を差しおいて、沼里の台所を一手に握り、政を我が物にしている男だ。

油断はできない。あれはなにかを企んでいる顔だ。

「どうした」

横を歩く琢ノ介にきかれた。

「なに考えごとをしている」

「いや、なんでもない」

「なんでもない割にけっこう苦しそうな顔、していたぞ。悩みごとならきくぞ」

「悩みごとというほどのものではない。それにこれは、琢ノ介どのに話したところで解決するわけではない」

「そうか、わしはお呼びではないか。だが相当深刻そうだな」

「深刻なものになるかもしれん、というところだな」

その後、二人は黙って歩き続けた。

あたりは人家がほとんどない。田畑ばかりだ。ほかにはいくつかの林やちんまりとした神社が目につくくらいだが、それらも濃い闇と一緒に夜を形づくっている。むろん、付近に人けなどまったくない。

「今日はついてきていないみたいだな」

琢ノ介がいう。又太郎は振り返った。

「ああ、そうだったのか。なにか、背中が軽いような気はしていたんだ」

小田原提灯の淡い灯にかすかに照らされている琢ノ介は、気になることがあるような顔つきをしている。

「なにか」

又太郎はただした。

「さっきの寺、よく行っているのか」

「そうだな、かなり多いな。最もよく行っているところかもしれん。五日に一度は必ず行く」

「帰り道はいつも同じか」

「ああ、この道をつかう」

「又太郎どのがさっきの寺に行ったことを知っていれば、この道を帰ってくるのはわかることになるな。つまり、つける必要はなくなる」

「なにをいいたい」

「なにかいやな予感がしているのさ」

「いやな予感?」

又太郎は背後が気になった。

「又太郎どの」

不意に琢ノ介が呼びかけてきた。又太郎は琢ノ介を見た。

琢ノ介の視線は前に向けられている。

一人の男が立ちはだかるように立っていた。深くほっかむりをしている。

男のうしろにもう一人いるのに、又太郎は気づいた。

「金を置いてゆけ。両刀もだ」

目の前の男が低い声でいう。

「今どき、こんなことをしている輩がいるとはな」

琢ノ介があきれた声をだす。

「はやくしろ。さすれば、命まで取らずにおいてやる」

「なに、えらそうにいっているんだ」

「置いてゆく気はないのか」

「ない」

琢ノ介がきっぱりといった。

「なら、腕ずくでいただくがいいな」

男が刀を抜く。鞘走る音がきこえた。気合もかけずに琢ノ介に斬りかかってきた。

慣れている。そんなことを男の一連の動きを見て、又太郎は思った。この男、人を斬るのははじめてではない。

「又太郎どのっ」

琢ノ介が怒鳴る。

「逃げろ」

琢ノ介はすでに抜刀し、最初の男と斬り結んでいる。きん、という音が夜に響く。同時に、火花もいくつか散った。

もう一人の男が突っこんできた。

又太郎は驚いた。あわてて刀を抜こうとするが、うまくいかない。真剣などほとんど抜いたことがないのだ。

「逃げろっ、又太郎どの」

相手と鍔《つばぜ》迫り合いになりつつ、琢ノ介が再び叫ぶ。

しかし、又太郎に琢ノ介を見捨てて逃げることなどできない。

又太郎はなんとか刀を引き抜いた。男が間合に入り、真っ向から刀を落としてきた。

又太郎は刀をあげた。だがすぐに男の刀は胴に変化した。

これは、と又太郎は必死に刀を引き戻した。弥五郎と同じ手だ。がきん、という音が耳に届いた。

くっ、と男が歯のあいだからうなり声を漏らす。まさか受けとめられるとは思っていなかったようだ。

又太郎は弥五郎に感謝した。

男が腕に力をこめ、又太郎を突き放した。又太郎はあっけなくよろけた。

そこへ袈裟斬りがきた。斬られるっ。又太郎は覚悟を決めかけた。

だがすぐに、こんなところでやられてたまるか、という思いがわきあがってきた。又太郎はうしろに跳び、斬撃をなんとかよけた。

すぐに刀が胴に振られる。これはかろうじて弾いた。

間髪を入れず、またも袈裟斬りが見舞われた。

これは避けきれず、腕を切られた。左腕の手首に近いところをやられた。

痛みが走る。手が切断されたのでは、という怖れを抱いた。

ちらりと目を動かす。又太郎は安心した。だが、安堵の息をついている場合ではなかった。

さらに男が刀を振ってくる。胴、袈裟、逆胴、逆袈裟と又太郎の目がまわりそうなほどのめまぐるしさだ。

どうにかかわし続けたが、かわしきれず、体や腕にいくつもの傷をつくることになった。

まずいぞ。このままでは本当に殺られてしまう。

琢ノ介にいわれた通り、ここは逃げるべきか。確かに、物取りごときに命を取られてはたまらない。

琢ノ介の姿を捜した。いつしか十間ほど離れてしまっている。

最初の男といまだにやり合っている。

「又太郎どの、とっとと逃げろ」

琢ノ介が相手に向かって刀を振りながら近づいてきた。

「こいつら、本気で殺す気だぞ」

なぜか又太郎の脳裏に、宮田彦兵衛の顔が浮かんだ。

琢ノ介が敵を引きつけるかのように逆の方向へ走りだす。

ここはいう通りにしたほうがよさそうだ。

又太郎は体をひるがえした。

だが、すぐに立ちどまることになった。うしろにも男がいたからだ。しかも二人。

又太郎を両側からはさみこむような位置を取り、一人が無言で刀を振りおろしてきた。

うわあ。又太郎は頭を抱えるようにしてかがみこんだ。

刀が月代《さかやき》をかすめるようにしてすぎてゆく。夜のことで、どうやら相手が間合をちがえてくれたようだ。それか、たいした腕ではないかのどちらかだ。

とにかく命拾いだった。又太郎は土を蹴るようにして走りだした。すでに、もう一人が行く手に立ちはだかっている。

刀を胴に薙いでくる。

うわっ。又太郎はまた叫び、体を前へと躍らせた。腹の下を刀が通ってゆくのがはっきりとわかった。

頭から土に突っこみ、ごろりと転がる。男が追ってきた気配が土を通して伝わってきた。

又太郎はあわてて立ちあがった。拍子に刀を取り落としてしまった。

刀を振りおろされる。又太郎はうしろに下がることでなんとか避けたが、また も腕に傷を負った。

もう一人が背後から襲いかかってきた。又太郎は前に逃げた。

さっきの男が待ち構えている。振りかざされた刀が袈裟に打ち落とされた。

うわっ。喉の奥から声が出る。必死に体をよじる。刀が肩口をかすめていった。

本当にまずいぞ。体中に痛みがある。どうすれば逃げられるんだ。

又太郎は脇差を抜いた。今はこれしか得物がない。

また琢ノ介の姿を捜した。相変わらず最初の男とやり合っている。いや、今は二人を相手にしていた。こちらに助勢できるような態勢ではない。

ここは自力でなんとかするしかなかった。直之進のことが頭に浮かんだ。

直之進がいてくれれば、こんな連中、あっという間に叩き伏せてくれるだろうに。

二人に斬りかかられ、又太郎は必死に逃げまわった。とうに道からずれて、琢ノ介がどこにいるのかわからなくなっている。又太郎は脇差をめったやたらに振った。刀ほどの重みがない分、振りやすいが、二人の男は隙を衝いては又太郎の体に傷をつける。

もう駄目だ、と又太郎は思った。体が重くなってきた。血を流しすぎたのだろう。見ると、着物はほとんどずたずたにされていた。不意に父の寝顔が浮かんできた。ここで死んだら、父より先に逝くことになってしまう。

女遊びにうつつを抜かしてきたつけか。家臣たちにずっと心配をかけ続けてきて、結果、これか。

死んでたまるか。父上の葬儀は俺がだすんだ。

又太郎は脇差をめちゃくちゃに振りまわし、それから疲れたように体の動きをとめた。二人の男が包囲の輪をせばめてくる。

十分に近づいたと断じた瞬間、又太郎は右側の男に脇差を投げつけた。男が驚いて体をひらく。

その横を又太郎は駆け抜けた。

振りおろされた刀が背中を追ってくる。やられたか、と思ったが、ちゃんと走っていた。

生きている。喜びが胸をひたしたが、うれしがっているときではなかった。二人の男は追いかけてくる。

又太郎は残りわずかな力を足に集め、必死に駆け続けた。

三

くそっ、痛えな。

藁に背中を預けている琢ノ介は左腕の傷に触れて、毒づいた。

又太郎はどこへ行ってしまったのか。

琢ノ介が相手をした二人は、とうにどこかに去っている。俺を捜しているのだろうか。いや、そんなことはまずあるまい。

どうやら、と琢ノ介は思った。俺の相手をした二人は、又太郎から俺を引き離す役目を負っていたようだ。

途中でそのことに気づき、又太郎に近寄ろうとしたが、果たせなかった。

又太郎は無事だろうか。いや、無事ですむはずがなかった。

又太郎の剣の腕で、かなりの遣い手の二人を相手に逃れられるわけがない。

今頃、むくろにされてしまっているのではないか。

暗澹とするしかなかった。自分の腕が足りぬせいで、又太郎を死なせてしまったかもしれない。

琢ノ介は立ちあがり、壊れかけた窓に歩み寄った。真っ暗に沈んでいる夜を見渡す。

又太郎がひょっこりと、こちらでしたか、と戸をあけて顔を見せてくれそうな気がしたが、錯覚にすぎなかった。

琢ノ介は舌打ちした。これで道場の師範代か。よくいうぜ。いくら四人に襲われたとはいえ、自嘲するしかない。

直之進ほどの腕があれば、撃退など楽なものだったにちがいない。

もっと剣に打ちこまねばな。町人たちに師範代と持ちあげられて、いい気になっていた。

琢ノ介は、一軒の百姓家の納屋にひそんでいる。又太郎もこうして逃れられていたらいいのだが。

琢ノ介は藁の山に背中を預け、頭に両腕をまわした。

やつらの標的は紛れもなく又太郎だった。一人が物取りのようなことをいっていたが、それはちがう。

やつらは、明らかに又太郎を殺そうとしていた。

又太郎はいったい何者なんだ。

琢ノ介としてはいても立ってもいられない気分だったが、今はじっとしているほうがいいのではないか。やつらはとうに去っているが、もしこのような傷だらけの体で見つかったりしたら、今度こそ本当にやられてしまうかもしれない。

怖いのか、と琢ノ介は自らに問うた。怖いさ。怖くてならない。

今こうして冷静に考えてみれば、あれだけの遣い手を二人相手にして、よく生き残ったものだ。

一番重い左腕の傷の血は、どうやらとまった。だが熱を持っているようで、ずきずきしている。心の臓の鼓動に合わせて痛みがやってくる。

はやく医者に診てもらわんとな。膿んだりしたりするのが怖い。

又太郎、生きていてくれ。頼む。

琢ノ介は、仇討旅に出たせがれの無事を望む母親のような気持ちで祈った。

祈り続けているうち、いつの間にか眠りこんでいたようだ。

はっとして起きた。ここはどこだ。どうして藁の上なんかで寝ているんだ。

すぐに思いだした。又太郎はどうしたのか。

琢ノ介は立ちあがった。窓の隙間から射しこむ日が光の条となっている。

目を細めて納屋の戸を静かにあけた。そっとあたりを見渡す。

日は地平からちょうど顔をのぞかせたくらいだ。

まわりは田畑ばかりだが、朝のはやい百姓たちはすでに働きだしている。いくつかの小さな影が点々と動いている。

琢ノ介は納屋を出た。すぐそばに母屋が建っているが、人けはない。住人たちはもう畑に出かけたのだろう。

琢ノ介はあたりに気を配りながら、慎重に道を歩いた。

目指すは町奉行所だ。

歩いているうちに左腕の傷がうずきだした。ほかにも至るところに傷を負っている。

ようやく道が町屋に入ったはいいものの、好奇の瞳にさらされたのにはまいった。

もう一歩も歩きたくない気分だったが、まさに体に鞭打つようにして琢ノ介は歩き続けた。

「師範代」

いきなり横合いから呼びかけられた。声のほうに目を向けると、知った顔が自身番から見つめていた。

あれ、と琢ノ介は思った。町役人だ。いつしか牛込早稲田町に戻ってきたのだ。

「助かった」

心の底からいって、琢ノ介は倒れこむように自身番に入った。

「どうされました」

町役人にきかれ、琢ノ介は理由を説明した。自身番につめていた者たちは顔色を変えた。

「でしたら、すぐに御番所に使いを走らせます」

自身番づきの小者が南町奉行所に向かって走りだした。

それを見送って、琢ノ介はふうと息をついた。水をもらい、渇いた喉を潤す。

「ひどい怪我ですね。医者を呼びますよ」

「ありがたい」

すぐに医者がやってきた。

「ひどいですね。これだけ傷だらけだと、こちらも治療のし甲斐がありますよ」

琢ノ介は下帯ひとつにさせられた。医者はまず一番重い左腕の傷を縫いはじめた。

「おい、痛いぞ」

「それはそうですよ。針を刺しているわけですから。でもこれをやらないと、治りはひどく悪いですからね」

ほかの傷の治療もしてもらい、琢ノ介が脂汗を流しきった頃、自身番に富士太郎と珠吉があらわれた。

「よく来てくれた」

「道々きいてきましたが、平川さん、なにがあったかあらためて話してもらえますか」

琢ノ介はうなずき、順を追ってどういうことが起きたのか話した。

「又太郎どのを捜してくれ。頼む」

「わかりました」

「又太郎どのはきっと逃げのびたとわしは信じている。あのあたりにひそんでいるとして、やつらがまだ又太郎どのを捜しているとしたら、番所の者が大挙してやってくれば、やつらも引きあげざるを得んだろう」

「なるほど」

富士太郎が顎を深く引く。

「でもこれから番所の者を呼ぶのは、ときがかかりすぎますね」

そういって町役人たちに向き直った。

「手を貸してくれるかい」

富士太郎と珠吉に又太郎のことをよくよく頼んでおいてから、琢ノ介は牛込早稲田町の自身番をあとにした。

向かうは米田屋だ。

この前、風邪を引いたという光右衛門を見舞ったとき、直之進がまた光右衛門の代わりに働きだしているという話をきいたのだ。

米田屋のある小日向東古川町は、さほどの距離ではない。傷だらけの琢ノ介の体でも、ときをかけることなく着けた。

ちょうど直之進は出かけようとしていたところだった。

至るところに晒《さら》しを巻いている琢ノ介に、直之進が目をみはる。

「どうしたんだ。いったいなにがあった」

琢ノ介は手短に語った。

「まことか」

さすがに直之進は顔色を変えた。

「これは商売に行っているときではないな。ちょっと待っててくれ」

直之進は暖簾を払って、米田屋のなかに入っていった。すぐに戻ってきた。

「待たせた」

「いや」

「又太郎どのがいなくなった場所まで、その体で案内できるのか」

「できるさ」

「無理するなよ」

「無理などしていない」

「そうか。おぬしがそういうのなら、そうなんだろう」

いうことは強気だったが、やはり琢ノ介はゆっくりとしか歩けなかった。

「大丈夫か。左腕は縫ってもらったんだろう。傷口がひらかんか」

「そんなやわではないさ」

琢ノ介が直之進を連れていったのは、巣鴨村だった。

「このあたりだな」

太い道が戌亥《いぬい》の方角へのびている。道沿いにほとんど人家はない。

「寂しいところだな」

「まったくだ」

直之進は琢ノ介を見た。

「刺客たちは又太郎どのを狙ってきたといったが、まちがいないか」

「ああ、まちがいない。物取りを装っていたが、はなから又太郎どのを殺す気でいた」

「どういう絡みなのかな」

「さあな。又太郎どのが正体を明かさなかった以上、わしにわかるはずもない」

「そうかりかりするな、琢ノ介。とにかく又太郎どのを捜すしかあるまい」

「直之進、どうやって捜す」

「おぬしは納屋にひそんでいたのだよな。だったら、又太郎どのも同じことをしているようと信じようではないか」

百姓家を続けざまに訪問した。畑に出ているようで不在が多かった。

直之進は母屋や納屋などに近づき、なかをうかがったが、又太郎らしい者の気配を嗅ぎ取ることはできなかった。

先に来ていた富士太郎たちに会った。又太郎をまだ見つけてはいない。

富士太郎と珠吉は、里の者たちに一所懸命話をきいている様子だった。


「いったいなにをしておるのだ」

宮田彦兵衛は激怒した。

今、村上堂之介から報告を受けたばかりだった。

又太郎の襲撃を行ったものの、息の根をとめるまでに至らなかったことを堂之介が伝えてきたのだ。

「おまえ、いったい何度しくじれば気がすむのだ」

「申しわけございません」

「この役立たずめが」

ここが上屋敷であるのを彦兵衛は思いだし、声を低めた。

「捜せ。そして殺せ」

「承知いたしました」

「村上、今度はしくじるなよ」

「は、肝に銘じましてございます」

「よし、行け」

「あの、宮田さま」

「なんだ」

「手立てはどういたしましょう」

彦兵衛は、自らのこめかみに筋が浮いたのを感じた。

「自分で考えろ。おのれでその場に行って殺してこい」

「いえ、それはもう無理でございます」

「どうしてだ」

怒鳴るのをかろうじて抑えこむ。

「町方が昨夜の騒ぎを嗅ぎつけたようで、多くの者がうろつきまわっているからでございます。下手に動きまわることはできませぬ」

くそっ。彦兵衛は毒づいた。

「もうよい、下がれ」

堂之介が襖をあけ、部屋の外に出ていった。

「役立たずめ」

消えた背中に向かって再びいった。

膝立ちになっていた彦兵衛はどすんと畳に尻を落とした。脇息にもたれかかる。

やり損ねたか。

いや、まだそうと決まったわけではない。

重い傷を負わせたというではないか。もう息絶えているということも十分に考えられる。

いや、そんな甘い考えでは駄目だ。又太郎は生きている。

上屋敷に戻ってくる前に息の根をとめねば。

彦兵衛には、急がなければならない理由がほかにもあった。

国元の筆頭家老の大橋民部が、江戸にじきやってくるからだ。できれば、あの男も殺したい。

あまりものをいわないが、あれで意外に切れ者だ。腹も据わっている。

ずっと前から殺したかった。殺さなかったのは、こちらに逆らう姿勢を見せなかったからだ。

それでも、ここは道中で殺してしまったほうがいいか。

だが、こちらに手駒はない。直之進を失ったのはやはり痛い。あんな腑抜けに成り下がりおって。

やはり見放すべきではなかったか。木刀しか振るえなくなったとはいえ、まだつかえたのではなかったか。

江戸に行きたいと申し出てきたのを許したのは彦兵衛だが、あれはしくじりだったか。

右も左もわからない江戸でなら殺しやすいと判断してのことだったが、過ちだっただろうか。

彦兵衛にも家臣はいることはいる。しかし、万が一のしくじりを考えたら、つかうことはできない。

もし家臣をとらえられたら、こちらの破滅は火を見るよりも明らかだ。

ここは黙って、大橋民部を江戸に来させるしかなさそうだった。

四

大橋民部は汗をぬぐった。

真冬だというのに、今日は陽射しが少し強い。ずっと歩いてきた身にとっては暑いくらいだ。

「なつかしいの」

民部は長屋門を見あげてつぶやいた。

上屋敷に入る。旅装を解き、汗をぬぐって着替えをすませる。

「殿にお会いできるかな」

留守居役づきの小者にきいた。

「しばらくお待ちください」

かなり待たされた。

その間、民部は宮田彦兵衛のことを考えた。こちらになんの相談もなく、さっさと江戸に旅立った男。

あの男にしてみれば、筆頭家老など形だけのもので、相談する必要などありはしない、と考えたのだろう。いや、わしのことなど、はなから頭になかったのかもしれない。

あの男が誠興公に対し、なんの忠誠心も抱いていないのは明らかだ。なのに、どうしてあれだけはやく沼里を出立したのか。

なにか狙いがあるのか。

そうかもしれないが、それがなんなのか、民部にはわからない。

いいことを考えているはずがない。突きとめたいが、手立てがない。

今もこの屋敷内にいるのだろうか。いても、やつは挨拶には来ないだろう。

こちらから行くのも筋ではない。今さら顔は見たくない。

部屋の前に人の気配が立った。襖をあけてみると、上屋敷の小者だった。

「大橋さま、お待たせいたしました。殿がお会いになるそうでございます」

民部は誠興の居室に入った。

誠興は布団にくるまれるようにして横になっていた。

「おう、民部、よく来たの」

誠興は目を覚ましていた。意外に元気そうな声にほっとする。

「近《ちこ》う」

民部は膝でにじり寄った。

「久しいの。相変わらず顔つやがよいの」

「殿もそれがしに負けておられませぬ。この分なら、きっと病に打ち勝てましょう」

誠興は死病に冒されていた。よくここまでもったもの、と思えるほどの顔色だ。

枯木のようにやせ細ってもいる。声をだすのにも、かなりの力を必要としているのだろう。

ここはあまりしゃべらせず、引き下がったほうがよさそうだ。

「なんだ、民部、久しぶりだというのにもう帰ろうというのか」

「いえ、そういうわけではないのですが、お身を考えますと……」

「もう考えずともよい。じきお迎えがやってくる」

「そのようなことは決して」

「自分の体だ。よくわかっておる。民部、今さら気をつかうこともない。せっかくこうして話ができておるのだ、もう少しいてくれ」

「承知いたしました」

しばらく国元での思い出話をした。そのうち疲れたように目を閉じ、誠興は眠ってしまった。

深々と一礼してから、民部はその場を下がった。

又太郎に会いたかった。もう何年も会っていない。

きっと偉丈夫に成長しているはずだ。この目でそれを確かめたかった。

又太郎のそばの者に、所在をたずねた。又太郎づきの者は若者が五名に、経験のありそうな者が二名だ。

「それが、昨夜から戻っていらっしゃらないのです」

年かさの者が答える。

「なんだと」

民部はさすがに気色ばんだ。

「いえ、若殿におかれましてはこれまでもよくあることなのです」

年かさの者は当たり前のこととばかりに軽い口調でいった。

「どういうことだ」

「夜の一人歩きなど、ごく自然のことなのです」

そばの者たちに、又太郎のことを気にしている様子はない。飼い犬の姿がちょっと見えなくなった程度にしか思っていないようだ。

「若殿に警護は？」

「それがしどもはつけたいとかねがね申しあげているのですが、ご本人がいいとおっしゃるものですから」

「はい、こちらがいくら申しあげても駄目なのです」

他の者が口を添える。

「馬鹿者っ」

民部は一喝した。

「いらぬといわれても、供につくのが家臣としてのつとめだ。それができぬのなら、影ながらついてゆくのが当然であろう」

民部はにらみつけた。

「はやく捜してまいれ」

はっ。そばの者たちは民部の迫力に押され、あわただしく部屋を出ていった。

それを見送った民部だったが、いやな予感が胸に兆している。又太郎の身になにかあったのではないか。

民部は一刻ばかりを上屋敷ですごした。そばの者たちが三々五々帰ってきて、それぞれが又太郎が見つからない旨を告げた。

見つけるまで帰ってくるな。そう怒鳴りつけるのはたやすかったが、そんなことをしても意味はない。

「心当たりはすべて捜したのか」

民部は穏やかにきいた。

「はい」

さすがにこの頃になると、供の者たちからも安閑としたものは消えていた。目が血走りはじめている。

自分もこうなのだろう、と民部は思った。

こうしてはいられなかった。民部は屋敷の外に出た。

「ご家老自ら捜されるのですか」

又太郎のそばの者がきく。

「むろん」

短く答え、民部は江戸の町に出た。何年ぶりなのか、それすらもわからないくらいなので、じっくりと町並みや行きかう人たちを眺めたかったが、そういう場合ではなかった。

民部の家臣たちが供につく。

「お疲れではございませんか」

「そんなことをいってはおられぬ」

実際、疲れていないはずがなかったが、今はまったく感じなかった。

上屋敷の者にすべての心当たりを案内させて日暮れまで捜し続けたが、結局、又太郎は見つからなかった。

「この分では、今日もお帰りにならんかもしれんな」

民部は又太郎づきの者に語りかけた。

「仰せの通りです」

「二日続きでお帰りにならぬというのは、よくあることなのか」

「いえ、それは滅多にございません。いえ、これまで一度もなかったことと思います。ましてや今、殿がご病床におられるときですから、日に一度は必ずお枕元に……」

「そうか」

さすがに民部は疲れきっている。じき五十を迎える者にとって、今日一日はさすがにこたえた。

「ご家老、若殿はどうされたのでしょう」

又太郎づきの者が案ずる声をだす。

それは民部自身が知りたいことだった。

言葉を返すことなく、民部は久しぶりの江戸の夕焼けをただ見ているしかなかった。

五

傷は重い。

ただし、命に別状ないだろうというのは自分でわかる。

いったいどれだけの傷を負わせられたのか。

悔しい。ちゃんと剣術の修行をしておけばよかった。

いや、それよりも供の者たちをしっかりつけておくべきだった。それも今さらながら、だが。

考えてみれば、供の者たちがいたら、何人かは亡き者にされていただろう。それを思えば、一人でいたというのは逆によかったのかもしれない。

それにしても、と思う。もし琢ノ介がいなかったら、どうなっていたか。まちがいなく殺されていた。こんなふうに布団に横になってはいられなかった。

琢ノ介は無事なのだろうか。どんな危機におちいっても、しぶとく生き残りそうなたまだ。きっと大丈夫だろう。

又太郎としては動きたいが、残念ながら身動きが取れない。一晩たって、傷が熱を持ってきたようで、体に力が入らないのだ。

もっとも、下手に外に出ることは避けたほうがいいだろう。まだやつらがいるかもしれない。

今のところは警戒して、医者も呼んでもらっていない。

又太郎は首をねじり、部屋のなかを見た。

質素なものだ。三方が襖で、庭に面しているほうが障子だ。

障子には、明るい陽射しが当たっている。庭の木々は揺れておらず、風はほとんどないようだ。

「起きていらっしゃいますか」

襖越しに女の声がした。

「ああ」

答えると、襖があいた。失礼します、と若い女が入ってきた。

「お水をお持ちしました」

ちょうど喉が渇いていた。

「ありがたい」

だが、自分では上体を起こすことすらできない。

女がうしろにまわる。

「大丈夫ですか」

「ああ、起こしてくれ」

女が脇の下に手を入れ、体を持ちあげてくれた。痛みがそこら中に走ったが、又太郎はうめき声一つ発しなかった。

湯飲みに満たされている水を、又太郎はちびちび飲んだ。体にしみわたる感じがして、実にうまかった。

「もっとお飲みになりますか」

「いや、けっこうだ」

「おなかは？」

「減っておらぬ」

遠慮しているわけではない。実際に空腹は感じていない。

「およどの」

又太郎は静かに呼びかけた。

「なんでしょう」

「昨夜はきけなかったが、そなた、この家に一人で暮らしているのか」

ほかに人がいる気配はしない。

「いいえ」

うつむき加減に答えた。

「生業は？」

口にした途端、又太郎はわかった。

「答えづらいのなら、けっこうだ」

「いいえ、かまいません。人さまの妾です」

「旦那は？」

「いつもはいらっしゃるのですが、三日前から店のほうにお出かけに」

「店というと、旦那は商人か」

「はい。ご隠居です。店を跡取りに譲ってここに住まっていらっしゃるのですけど、月に一度、四、五日だけ店に出向かれるのです」

「なるほど。せがれがちゃんとやっているかどうか、心配なのだな。四、五日というと、今日あたり帰ってくるかもしれんのだな」

「はい」

隠居の旦那が帰ってきて、傷だらけの又太郎を見たら、どう思うだろう。

おとよと同様にやさしい気持ちの持ち主ならいいが、面倒を避けたいと考える者なら、長居はできないだろう。

「おとよどの、頼みがあるのだが」

又太郎は、琢ノ介のいる中西道場に使いに出てくれるように依頼した。

琢ノ介はきっと逃げきったはずだ。その思いは大岩のように心に居座っている。

「はい、かまいませんが」

「文を書いてくれるか」

おとよは文机を持ってきて、その上に墨と筆を置いた。

又太郎のいう通りにすらすらと書いてゆく。

「これでよろしいですか」

又太郎は確かめ、うなずいた。

「よろしく頼む」

おとよはしっかりと懐にしまい入れた。

「横におなりになりますか」

「頼む」

疲れを覚えている。又太郎を布団に寝かせてから、では行ってまいります、とおとよは出ていった。

天井を見つめて、又太郎はふうと息をついた。いい女だな、と思った。

おとよは顔立ちもととのっているが、それ以上に気立てのよさを感じさせる。こんなときだが、惚れそうだった。

家のなかはなんの音もしない。しんとしている。どこか遠くで犬の鳴き声がしているだけだ。

犬の声はもの悲しく、又太郎は一人になったのを思い知らされた。

昨夜のことが思いだされた。あれは物取りなどではない。俺を狙った刺客どもだ。

その思いにまちがいがないことを、又太郎は確信している。

その前からずっと続いていた尾行者の影。あれは俺の動きを見張るためのものだったのだろう。

昨夜、琢ノ介がいった通り、だから、あの四人はあの場所で待ち受けていたのだ。

いったい何者だ。また宮田彦兵衛の顔が浮かんできた。

やつの差し金なのか。

昨夜の襲撃がもし彦兵衛の命《めい》だったのなら、狙いは明白だ。やつにとって孫に当たる健次郎を沼里城主の座につけたいのだ。

父誠興が逝去したとき、俺もこの世の住人でなくなっていれば、父の跡を継ぐ男子は健次郎しかいない。

くそっ。又太郎はこんなときに動けない自分に無力さを覚えた。

横たわっているしかない今、刺客に踏みこまれたらどうなるのだろう。虫けらのように殺されるしかない。

恐怖がこみあげてきた。

ただ、それでも逃げきれたというのは俺にはまだ運があるのだ。

昨夜のことが再び脳裏に描きだされた。

この家に来たのは偶然だ。追っ手から逃れた又太郎は、この家の生垣を越えてひそんだのだ。

流れ続けている血をとめなければならなかった。しかし暗闇のなかではどうすることもできず、又太郎は生垣の陰に身をひそめているしかなかった。

そこにあらわれたのがおとよだった。雨戸をあけて、外に出てきたのだ。又太郎に気づいたわけではなく、庭の隅にある厠に行ったのだった。

用足しをしてなかに戻ろうとするおとよに声をかけた。

心の底から恐怖を感じたらしいおとよだったが、又太郎が物取りに追われている身であるのを知り、かくまってくれた。できるだけの手当も施してくれた。

その手当のおかげで、さしてうなされることもなく、又太郎は夜を越えることができたのだ。

おとよは、とその顔を又太郎は思い浮かべた。母に似てはいないだろうか。

母は五年前に死んだ。病だった。やさしい人で、怒ったところなど一度も見たことがなかった。

そのあたりの気立てのよさを、父も愛していたのではないだろうか。

母のことを考えたせいか、又太郎はいつしか眠りに落ちていた。

人の気配を感じ、目覚めた。

暗い。夜とはいわないまでも、夕闇が迫ってきている。

「失礼します」

襖をあけてあらわれたのはおとよだった。琢ノ介を連れてきてくれるかと思ったが、一人だ。

「文を置いてきました」

申しわけなさそうにいう。

「しばらく待っていたのですけれど、平川さまにはお会いできませんでした」

考えてみれば、当然だった。又太郎が行方知れずになっているこんなときに、琢ノ介がのんびり門人たちに稽古をつけているはずがない。もしや近くに来てくれているのではないだろうか。

「おなかはいかがです」

「ああ、減っているな」

目が覚めたのは、空腹ゆえだったのかもしれない。

「食べられるようになれば、しめたものでございますよ」

おとよは食事をつくってくれた。

「たいしたものはだせませんけれど」

おとよは鍋や茶碗などをのせた盆を持ってきた。それを又太郎のそばに置く。

鍋の中身は粥のようだ。ほかには梅干し、豆腐の吸い物という献立だ。

「ご馳走ではないか」

鍋の蓋を取ると、粥はほかほかと湯気を立てた。

どうぞ、と茶碗が手渡される。

又太郎はさっそく箸をつかった。粥は塩味がほんのりときいていて、うまかった。

「おいしいですか」

「ああ、最高だ」

梅干しともよく合った。

あまり量を食べないようにして、又太郎は箸を置いた。最後に白湯を飲む。

盆を持っておとよが部屋を去ってゆく。又太郎は横たわった。知らないうちに、自分で横になれるようになっていた。

目を閉じる。文は琢ノ介の手に届いただろうか。

そんなことを考えていると、外から人の気配がした。又太郎は身構えた。

おとよが出てゆく音がした。

まさか刺客どもではないだろうな。

「お客さまです」

おとよが襖の向こうから声をかけてきた。おとよのやさしげな口調。又太郎の胸は躍った。

「入ってもらってくれ」

顔を見せたのは琢ノ介と直之進だった。又太郎は起きあがろうとした。こちらはまだかなりつらいものがある。

「いや、そのままでいい」

琢ノ介が制し、枕元に座る。又太郎はその言葉に甘えさせてもらった。

「文はもらった」

琢ノ介が顔をのぞきこむ。その表情には又太郎の無事を確かめて、ほっとしている色が濃くあらわれていた。

又太郎自身、琢ノ介がこうして生きていてくれたのを目の当たりにできてうれしかった。

「又太郎どの、よく生きていた」

「悪運だけはあるんだ」

「傷は大丈夫か」

「おとよどののおかげでだいぶよくなった」

又太郎は琢ノ介を見返した。

「琢ノ介どのこそ大丈夫か。晒しを巻いているではないか」

「たいしたことはない」

琢ノ介はまじめな顔をしている。

「おぬし、いったい何者だ」

逃げは許さぬ、という厳しい口調だ。

「昨夜の襲撃が、おぬしを狙ってのものというのは、もうわかっているんだろう」

「ああ」

又太郎は、琢ノ介の斜めうしろに控える形で座っている直之進に目を向けた。

直之進は真剣な眼差しを注いでいる。

「驚かずにきいてほしいのだが」

「席をはずします」

気をきかせておとよが立ちあがろうとする。

「いや、おとよどのもきいてくれ」

「でも」

「本当にきいてほしいんだ」

承知いたしました、とおとよが座り直す。

又太郎は唇を湿らせてから、ごまかすことなく真摯に語った。

「まことか、おい」

琢ノ介はそういったきり言葉がない。驚愕を顔に刻みつけている。

直之進は平伏している。

「いや、そんなに畏れ入ることはない。まだ跡継の身分でしかない。ただの又太郎でけっこうだ」

「そうはいかぬ。いや、いき申さぬ」

「そういう堅苦しいのはきらいなんだが」

「きらいと申されても――」

「湯瀬どの」

又太郎は呼んだ。直之進が顔をあげる。

「呼び捨てにてお願いします」

「うむ、おぬしがそういうのなら、そうしよう。湯瀬、しばらく俺の警護についてくれぬか」

「お命じとあらば」

いうまでもなく、すでに直之進がその気でいることは、又太郎にはわかっていた。

「うむ、よろしく頼む」

再び直之進が平伏する。すぐに面をあげ、外の様子をうかがう顔つきになった。

「どうした」

「人の気配が」

「刺客か」

「ちがうようです」

帰ったぞ、という声がし、おとよが立っていった。

おとよを囲っている旦那だった。足音荒く部屋にやってきた。

「どういうことですかな」

顔には怒りがたたえられている。

「おとよどのに助けていただいたんだ」

又太郎は説明した。

「あの旦那さま、こちらは」

おとよが又太郎の身分を説明しようとするので、又太郎は制した。おとよが黙りこむ。

「それで、いつ出ていってもらえるのですかな」

旦那が冷たくきいてきた。

「今、出よう」

又太郎が答えると、さも当然とばかりに旦那が首を動かした。

「それは助かりますな」

「大丈夫ですか」

おとよが気づかう。

「おとよ、そんなことはいわんでいいんだ。まったく勝手をしおって」

「おとよさん、大丈夫だ。いろいろ世話になった。ありがとう」

又太郎は琢ノ介と直之進の手を借り、立ちあがった。

外に出る。夜の分厚い波が押し寄せ、付近は明かり一つ見えなかった。ほんの一間先すらも見えない夜の深さに、又太郎は圧倒される思いだった。

提灯は琢ノ介が持っていた。

「直之進、火を入れてもいいかな」

琢ノ介がまわりを気にしてきく。

「大丈夫だろう。刺客どもはもうこのあたりにはいないはずだ」

「そうか。では直之進、おぬしが提灯を持ってくれ。わしが又太郎さまを背負う」

「しかし――」

琢ノ介がかぶりを振る。

「もし襲われたとき、おぬしが自由にならぬのではまずかろう」

六

夜にかすかな裂け目をつくる提灯を持って先導しつつ、直之進は心底驚いていた。琢ノ介が背負っている男が、まさか主家の若殿とは。

誰が又太郎の命を狙ったのか。

宮田彦兵衛だ。理由は一つ、孫を沼里城主にするためだ。

あの男なら、物取りに見せかけて又太郎の命を狙うという陰湿な手をつかっても、まったくおかしくない。

だが無事でよかったな。直之進はそのことには心からほっとしている。

又太郎にはたくましさがある。よく耳にする大名家の跡取りの線の細さはまったくない。

家臣たちが頼りにできる力強さが感じられる。宮田彦兵衛が又太郎を見て、孫の邪魔と考えても決して不思議はない。

「ところでどこに行く、直之進」

琢ノ介がきいてきた。

「上屋敷は？」

「いかん」

又太郎が首を振る。

「俺を狙う者がいる。下屋敷も同じだ」

「ならば中西道場にするか」

琢ノ介がいってから顔をしかめた。

「しかし、道場主に説明するのは少しつらいな。迷惑をかけたくもない」

「それならば米田屋だな」

直之進はいい、米田屋のことを又太郎に説明した。

「そうだな。あそこならいい。女手もある」

琢ノ介が同意する。

「よし琢ノ介、急ごう」

「直之進、無造作にいうな。又太郎さま、かなり重いんだぞ」

「すまぬな、琢ノ介どの」

「いえ、こうして背負わせていただけるだけで、光栄ですよ」

「いずれ恩は返す」

「いや、これまで十分によくしてもらっています。恩返しはそれがしのほうですな」

三人は人目を気にしつつ、道を急いだ。

直之進は常に背後に気をつけていた。これまでのところは誰もつけてきてはいない。

「もうじきだな」

琢ノ介が又太郎を背負い直していう。道は小日向東古川町に入ったところだった。

「油断はまだできぬ」

米田屋のそばまで来て、これまで何度襲われたことか、と直之進は思った。気をゆるめることなく米田屋の前に立つ。

とうに戸は閉められ、提灯の灯も落とされている。琢ノ介と一緒に又太郎を捜しに出ると告げておいたからまだいいものの、おきくたちは心配しているだろう。

「庭にまわろう」

直之進たちは枝折戸をあけ、閉めきられている雨戸の前に立った。

直之進は声をかけた。女の声で応答があり、雨戸があいた。おきくだ。

「お帰りなさい」

直之進以外に二つの人影があるのにいぶかしげな顔をしたが、それも一瞬にすぎなかった。

「怪我人ですか。お入りください」

雨戸を一杯にあける。

おきくはいやな顔一つしなかった。光右衛門の部屋の隣に布団を手ばやく敷き、又太郎を寝かせてくれた。

「ありがとう」

直之進は心からおきくに礼をいった。

「いえ、なんでもありません。当然のことです」

直之進はおきくに又太郎を紹介した。

「えっ、沼里の……」

さすがに絶句する。

「ではお主筋の」

「そうだ」

「おぬし、名はなんと」

又太郎がきいた。おきくが答える。

「しかしきれいなおなごよな」

「又太郎さま」

横から琢ノ介がいった。

「もう一人同じ顔をした者がおりますぞ」

「なに、では双子か」

その言葉を合図にしたようにおれんが部屋に入ってきた。又太郎にていねいに挨拶する。

「これはまたすごいものよな。これだけの美形が二人もそろっているとは、なかなか信じられることではない」

又太郎は寝床で首をしきりに振った。

おれんのあとに光右衛門がやってきた。音が筒抜けの家だけに又太郎が誰か、すでに承知している顔だ。光右衛門が又太郎に向かって名乗る。

「ほう、おぬしがここのあるじか。夜分、騒がせてすまぬな」

「いえ、とんでもございません。手前どもを頼っていただき、これ以上の喜びはございません」

「うれしい言葉よな」

又太郎はおきく、おれんの二人に顔を戻した。

「おぬしら、本当に光右衛門の子なのか」

「はい」

「ふむ、不思議なものよな。このような男が、これだけの美形の娘の親になれるのだから」

光右衛門は苦笑している。直之進たちが相手ならいい返すだろうが、又太郎ではなにもいえないようだ。

「二人とも、上屋敷に奉公に来ぬか」

おきくとおれんは困った顔をしている。

「残念ですが」

琢ノ介が又太郎に笑いかける。

「二人とも直之進にぞっこんなんですよ」

「なに。まことか」

「ええ、まことです」

又太郎が直之進を見やる。

「これだけの美形二人に惚れられるなど、湯瀬は果報者よな」

七

焦りなのだろうか。

宮田彦兵衛は自問した。このところ、なにもかもがうまくいかないような気がしてならない。

いや、弱気になるな。

又太郎さえ殺してしまえば、あとはどうにでもなる。今回しくじったのは仕方ない。新たな手立てを考えればよい。

しかし、と彦兵衛は思った。又太郎がくたばったということはないのだろうか。

是非ともそうあってほしいが、こういうのはだいたい逆目に出るものだ。いいほうに考えないほうがよい。

しかし、もし又太郎に生きて帰ってこられたら、まずいことになりそうだ。誰が狙ったか、誠興亡きあとの家督のことを考えれば三歳の子でもわかるだろう。物取りが見せかけであることなど、又太郎が生きているとするならとうに見抜いている。

ここは、どうしても又太郎を葬らなければならない。

よし、と彦兵衛は一つの決意をした。村上堂之介を呼ぶ。

「お呼びでしょうか」

「佐之助をつかえ」

一言だけいった。

「よろしいのですか」

「今さら金のことなどどうでもよい。やつなら、きっと又太郎の居場所も探りだすだろう」

「ほう、大名の跡取りを殺すのか」

佐之助は興味を持った。

「名は又太郎か」

「お願いできますでしょうか」

犬塚屋鉄三が頭を下げる。風が行きすぎ、鉄三の鬢の毛をなぶってゆく。

元飯田町にあるいつもの稲荷だが、今日は風があたたかで、どこか春を思わせた。夕暮れの色が漂いはじめた境内には、相変わらず人けがない。

「いくらよこす」

「あの、それを逆におたずねしたいのですが」

「そうさな」

佐之助はどのくらいにするか、考えた。大名の嫡男殺しというのは、おもしろそうだ。ただにしてもいいくらいだが、この道をもっぱらにする者としてはそうもいくまい。

「三百両だな」

鉄三はそのくらいは覚悟していたのか、ほとんど顔色を変えなかった。

「よろしゅうございます」

鉄三が商人らしく小腰をかがめる。

「前金で百五十両でよろしいですか」

「ああ」

鉄三が懐を探り、手ふきの包みを取りだす。二十五両入りの包み金を二つ抜き、残りを手ふきでていねいにたたんで手渡してきた。

「ご確認願えますか」

「かまわん。もともと二百両持ってきたんだろ。ということは、四百両まで覚悟していたのか」

はい、と鉄三が顎を引く。

「しかし誰の命か知らんが、依頼主はかなりの金を持っているな」

「はい、それはもう。いろいろな商家を押さえているそうですから、そちらからあがるものが半端な金額ではないようです」

「おぬし、面識はないのか」

「はい」

「となると、沼里の者だな。大橋民部か」

夏井与兵衛ら三名を殺すように依頼してきたと恵太郎がいっていた男だ。

鉄三は答えなかったが、ちがう、と表情が告げている。

とすると誰なのか。どうでもいいことだろう。今は金さえ手に入れば。

「あの、いつ取りかかっていただけましょうか」

「急ぎのようだな。さっそく今日にでも取りかかろう」

「ありがとうございます。ではこれを」

鉄三が人相書を渡してきた。佐之助は目を落とし、じっくりと見た。

「もらっておく」

人相書を懐にしまいこんだ佐之助が、又太郎が襲われたという巣鴨村に赴いたときには、すでに日が暮れていた。

佐之助は夜陰に紛れ、近くの百姓家の気配を一軒一軒嗅いでいった。

又太郎らしい男がかくまわれているような雰囲気を持つ家は一軒もなかった。

今日はここまでにするか。

翌日、佐之助は早朝から巣鴨村にやってきた。又太郎が姿を消したあたりを徹底してききこんだ。

なかなか見つからない。そうたやすく見つかるものではないのは、はなからわかっていた。又太郎を襲った者たちも力を入れて捜したはずだからだ。

午前中はまったくの空振りで終わった。

腹が空いてきたが、佐之助はかまわず又太郎を捜し続けた。

続けざまに百姓家を訪ねたあと、その近くにある一軒の家を訪れた。百姓家には見えないつくりの家で、どこかこぎれいだ。

訪いを入れると、若い女が障子をあけて出てきた。何者だろう、と佐之助は思った。妾だろうか。おそらくそれでまちがいないだろう。このなんともいえない色気は妾のものだ。

「こういう人を捜しているんですが」

警戒させないようにできるだけていねいにいい、佐之助は濡縁に立っている女に又太郎の人相書を見せた。

人相書に目を落とした女の表情が動いた。これまでの者たちとは明らかにちがう。どうやら知っているようだ。

又太郎はこの家にいるのだろうか。そういう気配は感じないのだが。

「存じません」

女が静かに首を振る。かばっているのでは、という気がした。

「手前、沼里家中から頼まれ、このお方を捜している者です。どうか、お力をお貸し願えないでしょうか」

しかし女は信用していない。佐之助を胡散くさげに見ている。

さてどうする、と佐之助は思った。力ずくで吐かせるのは造作もない。

「おとよ、どうかしたのかい」

女のうしろから、初老の男が出てきた。隠居然としている。

これが旦那かい。佐之助は一礼した。

横で妾がまずいという顔をする。佐之助は妾を一瞥《いちべつ》してから、一歩進み出た。

「こちらの人を捜しているんですが」

旦那に人相書を見せた。

旦那が深くうなずく。

「この男なら存じていますよ。ここにいましたから。怪我をしてましたね」

「どちらに行ったかを」

「存じませんねえ。とっとと出ていってもらったものですから」

「一人で出ていったのですか」

「二人の浪人らしい侍が連れて行きました」

そうですか、といって佐之助はわざとらしく眉をひそめた。

「二人の侍というのは、どんな人相です」

旦那がすらすらと話す。

まちがいなく湯瀬と平川だ。

またやつか、と礼をいって妾の家を出た佐之助は思った。沼里のことだから、湯瀬が出てきてもなんら不思議はないが、よくよく俺と縁があるのだろう。

佐之助は、二人が又太郎をどこに連れていったのかを考えた。

あの二人なら、琢ノ介の中西道場か米田屋のどちらかだろう。

犬塚屋の話では、襲われたとき又太郎と一緒にいたのは平川のようだ。となると、中西道場だろうか。

平川が牛込早稲田町にある中西道場に、師範代として住みこんでいるのは知っている。湯瀬の周辺のことは、常に頭に入れておかねばならない。

八

「ひどいですね」

又太郎を診て医者がいう。

「でも、どの傷も膿んでいないのがよろしいですな。最初の手当がよかったんですな」

それをきいて、直之進はほっとした。よかった、と心から思った。

そのあと、医者はていねいに一つ一つの傷を手当していった。

全部の傷を診終《みお》わるまでに一刻ほどかかり、又太郎もさすがに疲れたようだが、医者が帰ったあとは安心したらしく、寝床で穏やかな寝息を立てはじめた。

誰が又太郎を狙ったのか。

又太郎のそばで、直之進と琢ノ介は声を低めて話し合った。

「これは俺の勘なのだが」

直之進がいうと、琢ノ介が真剣な眼差しを注いできた。

「きこう」

直之進は国元の中老の名をだした。

「その中老は宮田彦兵衛というのか。直之進、どうしてそう思うんだ」

その理由も直之進は語った。

「なるほど、孫のためか。家督につけたいと願っているわけだな」

「湯瀬もそう思うか」

不意に横から声がした。いつの間にか又太郎が目をあけていた。

「申しわけございません」

直之進は頭を下げた。

「うるさかったでしょうか」

「そんなことはない。宮田の名が出てきて、目が覚めただけだ」

「では若殿も？」

「うむ、俺を狙ったのは宮田しかいないと考えている」

直之進は又太郎をまじまじと見た。このお方は聡明だ。話をすることで、いろいろなことが見えてくるかもしれない。

「若殿は、沼里で三人の侍が殺されたのをご存じですか」

直之進はたずねた。

「いや、なんのことだ」

直之進は経緯を説明した。

「ほう、宮田派の三人が殺し屋に殺されたというのか。直之進は、誰がその佐之助という殺し屋にやらせたか知りたいのだな」

「御意」

「直之進は誰だと思っている」

「考えたのですが、わかりませんでした」

「俺はそれも宮田だと思う」

「どうしてでしょう」

「それはまだわからんが、宮田を裏切ろうとしていたとか、理由はいろいろあろう」

なるほど、と直之進が思ったとき、富士太郎が中間の珠吉とともに米田屋にやってきた。奉行所に琢ノ介が知らせておいたのだ。

「こちらが又太郎さんですか。ご無事でよかったですねえ」

「おい、富士太郎」

琢ノ介が呼びかける。

「こちらの正体を教えようか」

琢ノ介が笑って口にした。

「ええっ、まことですか」

富士太郎が寝床の又太郎を見つめる。

「そういわれてみると、高貴な血を引いているように見えないこともないですねえ」

又太郎がくすりと笑う。

「見えないこともないか。俺などその程度であろうな」

富士太郎が月代をかく。

「いえ、そんなことはありませんよ。いやあ、見れば見るほど高貴なお方という気がしてきました」

「富士太郎、おぬしは又太郎さまには惹かれなかったようだな」

琢ノ介がいうと、又太郎がきょとんとした。

「つまり、こいつはそういう男なんですよ」

「ああ、そうなのか」

又太郎はむしろほっとした顔だ。

「富士太郎が好きな男は、こちらにおわす湯瀬直之進どのだ」

きゃっ。富士太郎が両手で顔を覆う。

直之進はその仕草を目の当たりにして、背筋が冷えた。

「でも湯瀬のほうは興味がないようだな」

又太郎が二人を見くらべていう。

「その通りです。富士太郎にとって、かなわぬ恋というわけです」

「湯瀬、相手をしてやったらどうだ」

えっ。直之進はさすがにつまった。こういうのは主命というのか。

「湯瀬、本気にせんでいい」

又太郎にいわれて、直之進は息をついた。富士太郎は残念そうにしている。

「富士太郎、なにか用があって来たのだな」

琢ノ介がただす。

「直之進の顔を見に来ただけではなかろう」

富士太郎が顔をあげ、目に力を宿らせた。

「これまでの調べで、犬塚屋という口入屋が浮かんできたんです。犬塚屋は沼里とも関係があり、与助とも関係がある口入屋なんですよ」

「沼里と関係があるというと、どんな」

「上屋敷などから人を求められたとき、請け負ったりしているんです」

「なるほど」

琢ノ介がいい、直之進に視線を転じてきた。直之進は黙ってうなずき、富士太郎の続きを待った。

「犬塚屋には最近、与助が出入りしていた形跡があるんです。犬塚屋は鉄三という者が主人なんですけど、鉄三は田光屋の清蔵ともつき合いがあったようです」

「それはもうまちがいないのではないか」

琢ノ介がいう。

「その犬塚屋が田光屋の口を封じたのであろうよ」

直之進も同感だった。

「琢ノ介どの、湯瀬。俺にもどういうことなのか、わかるように話してくれんか」

又太郎にいわれ、直之進はできるだけつまびらかにこれまでの経緯を話した。

「ほう、そんなことがあったのか」

又太郎がむずかしい顔になる。

「そのすべての黒幕が宮田彦兵衛、と考えていいのかな」

「いえ、まだはやすぎる気もいたします」

直之進は又太郎にいった。

「証拠はなにもありません」

「その通りだ。しかし田光屋のように犬塚屋も口をふさがれるかもしれん。できるだけはやく動いたほうがまちがいなかろう」

又太郎のいう通りで、直之進としてはすぐさま腰をあげたいが、ここに又太郎と琢ノ介の二人を置いたままにするわけにはいかない。

「湯瀬、行ってこい」

又太郎がいい、琢ノ介が続けた。

「そうだ、直之進、行け」

「しかし」

「かまわん」

又太郎が深い色を瞳にたたえた。

「ここに俺がいるのは誰も知らんのだろう。それに琢ノ介どのもいてくれる。大丈夫だ」

九

直之進と肩を並べて歩けることで、富士太郎はうきうきしている様子だった。今日はかなり風が冷たいのだが、その風などまったく気にしていない表情だ。

かなわんな、と直之進は正直思った。前はここまで富士太郎はあからさまではなかった。最近ではひらき直ったのか、直之進に惚れていることを隠そうともしない。

直之進としては、どう考えても富士太郎の気持ちを受け入れるつもりはない。

男と男がそういう仲になるのは古来より珍しくもないが、直之進にはただおぞましさしかない。

犬塚屋は九段坂をくだる直前の、元飯田町にあった。

「あれですよ」

富士太郎が指さす。

指の先には、風に吹かれて揺れる暖簾がある。入口脇には『桂庵《けいあん》 犬塚屋』と墨書された看板が置かれていた。

ごめんよ。富士太郎が無造作に暖簾をくぐる。直之進は珠吉のあとに続いた。

「あるじはいるかい」

「はい、手前ですが」

土間に出てきた男がいった。富士太郎の黒羽織に目をみはる。

「あんたが鉄三さんかい」

「はい」

直之進はあるじをじっと見た。目が細いということも関係しているのか、どこか小ずるい感じが見えている。

目が細いというのなら光右衛門も同じだが、それとはちがう類の目のように思えた。なにか裏でやっている、うしろめたさがあるのではないか。

富士太郎が店内を見渡す。

「この店はおまえさんが一人でやっているのかい」

「番頭を一人置いてあります」

「そうかい。今、番頭さんは？」

「注文をいただきに外に出ています」

「そうか。それなら、ほかの者にきかれる心配はないということだね」

鉄三の顔に怪訝そうな色があらわれた。というより、表情にくっきりとあらわれているのは恐怖だろう。

「立ち話もなんだから、そちらに座らせてもらおうかね」

富士太郎が一段あがった畳敷きの縁に尻を置いた。仕方なげに鉄三が上にあがり、帳場格子のなかに身を落ち着けた。そばに炭の燃え盛る火鉢が置かれていて、熱がじんわりと漂い出ていた。

直之進と珠吉は土間に立ったままでいる。

「直之進さん、こちらに座ってください」

富士太郎がどうぞとばかりに自分の横を手のひらで叩く。

「いや、俺はここでけっこうだ」

「そうですか」

富士太郎が少し残念そうにいう。すぐに厳しい顔つきになり、鉄三を見据えた。

「鉄三さん、あんたさ」

意外な迫力があり、鉄三が体と表情をかたくする。

そこでじらすように間を置く。

「な、なんでしょう」

「田光屋のことで、与助に揺すられていたんだろう。窮したあんたは、佐之助に依頼して与助を始末してもらったんだ」

鉄三の顔から血の気が引いたのが、薄暗い土間のなかでもはっきりとわかった。

「いったいなんの話でしょう」

「とぼけるのかい」

「とぼけてなどいやしません。おっしゃる意味がわからないだけです」

「十分にわかっていると思うけどねえ」

「そんなことはありません」

鉄三は首を振った。

「与助に脅されていたんだろう。正直にいっちまったほうが身のためだよ」

「そんなことはありません。与助さんのことはむろん存じていますが、脅されていたなんてことは決してありません。ましてや、殺し屋に依頼して殺すなど——」

鉄三が今しくじりを犯したことを、直之進はさとった。これが富士太郎の狙いだったのだろう。

富士太郎がにんまりと笑う。

「佐之助が殺し屋だって、どうしておまえさん、知っているんだい」

「えっ？」

「今おまえさん、殺し屋っていっただろ。おいらは一言も佐之助が殺し屋だなんて、いってないよ。どうして佐之助の生業を知っているんだい。頼んだことがあるからだろ」

「いや、そんなことは……」

蚊の羽ばたきより小さな声で答えた。

「もうあきらめて吐いちまいなよ。そのほうが楽だよ」

「手前が殺し屋といったのは、依頼した、という言葉が頭にあったからです。佐之助なんていう人は知りません。いったいどなたなんですかい」

青ざめながらも必死にいい募る。

「どうしても認めないんだね」

「いくら町方の旦那の仰せでも、わけがわからないことを認めるわけにはまいりません」

「仕方ないね」

富士太郎は鉄三にうなずきかけた。

「ここは引きあげることにするよ。でもまたすぐに来るからね」

暖簾を払って直之進たちは外に出た。男が好きというのは別にして、富士太郎は同心として成長している。けっこう頼もしく見えた。

直之進は、米田屋に戻るために富士太郎たちとわかれた。富士太郎には決して犬塚屋から目を離さないようにいった。

「承知していますよ、直之進さん」

富士太郎は力強く請け合った。

震えがとまらない。

まずい、まずいぞ。鉄三は両肩を抱いた。

町方役人は引きあげてくれたが、このままではつかまっちまう。

どうする。村上に相談するか。いや、そんなことをすれば、田光屋のように口封じされるかもしれない。

あの村上なら十分にあり得る。侍という生き物は、いざとなったら本当になにをするかわからない。

ここは有り金を持って逃げるしかなさそうだ。金はけっこう貯まった。与助に三十両脅し取られ、佐之助にも五十両払うことになったが、それでもまだ十分すぎるほどある。

なにもせずとも、上方で三、四年は楽にすごせるはずだ。

よし、そうしよう。鉄三は旅支度に取りかかった。

第四章

一

竹刀の音は激しくきこえる。

しかし、気合が乏しいように思えた。

ふだんの中西道場を知らないから、こんなものか、と考えつつ佐之助は連子窓《れんじまど》に近づいた。

窓には町人たちが張りつき、稽古ぶりを熱心に見ている。門人には町人が多いようで、自分も習おうか、と考えている顔つきだ。

町人たちと一緒になって稽古を見守りつつ、佐之助は平川の姿を捜した。

どこにもいない。平川の代わりなのか、やや青白い顔をした男が門人たちに稽古をつけている。

面などの防具をつけていないその顔は、いかにも病みあがりといった風情だ。

道場主だろうか。

おそらく、と佐之助は考えた。平川が又太郎のほうにかかりきりになっているから、無理をして道場に出るしかなかったのだ。

門人たちの気合が乏しいのは、平川の不在が理由ではないのか。

ということは、又太郎はここにはいないのだ。

万全を期すために佐之助は心を集中し、道場の奥のほうの気配まで探った。

しばらくしてから、うむ、と心中でうなずいた。やはり又太郎はいない。その手の気配が感じられない。

あるのは、やわらかな気配だ。おそらく道場主の女房だろう。

それにしても、と思った。気合に欠けるといっても、門人たちの顔は生き生きとしている。心から稽古を楽しんでいる。

殺し屋から足を洗ったら、道場でもやるか。やれるだけの貯えはすでにある。

そのとき一人ではつまらない。そばに誰かいなくては。

佐之助は目を閉じた。一緒にいるのは千勢だった。

なに馬鹿なことを考えている。目をあけた佐之助は自らを叱りつけ、千勢の面影を頭から振り払った。

土を蹴りつけるようにして歩きだす。

米田屋の近くまで来たときには、心は冷静なものに戻りつつあった。

およそ半町ほどの距離を置いて米田屋を眺めた。

今の心の状態では、揺れを湯瀬にさとられるおそれがある。

完全に千勢のことを追いだすことができたと確信してから、佐之助は再び歩きだした。

米田屋との距離を五間ほどにする。斜向かいの路地に入りこみ、気配を嗅ぐ。

佐之助は首をひねった。

おかしい。湯瀬らしい胸を重く圧してくるものが感じられないのだ。

湯瀬はいないのか。ということは、又太郎はここでもないのか。

湯瀬はもう又太郎の正体を知っただろう。仮にそうでなくとも、いつ襲われるかわからない者のそばを離れるはずがなかった。

又太郎は上屋敷に帰ったのか。いくら佐之助といえども、上屋敷まで追って仕留めるのは相当むずかしい。

それに上屋敷なら、わざわざ俺が殺らずとも、毒を飼うなど他の手立てはいくらでもあろう。俺の出番はないといっていいのではないだろうか。

いや、と佐之助は首を横に振った。出番がないことなど決してない。三百両もの金で請け負った仕事だ、依頼者が死にでもしない限り、中途で放棄などできない。

この道をもっぱらにする者である以上、本来なら依頼者が死んでもやり遂げねばならないのだろうが、佐之助にはそこまでする気はない。そのあたりは、まだ素人同然といっていいのかもしれない。

よし行ってみるか。佐之助は、小川町にある沼里の上屋敷に赴こうと路地を出た。

いや、待て。じりっと土を踏み締めて、立ちどまる。

首だけをまわして、風にゆったりと吹かれる口入屋の暖簾を見た。

どうしても米田屋のことが気になる。勘にすぎないが、又太郎がいるのではないか、という気がしてならない。

この手の勘というのは大事だ。肝腎なところで勘が働くかどうか、それで殺し屋としての生死が決まることもある。

湯瀬がいないのはまず確実だ。昼間といえども忍びこむのは造作もない。

佐之助は体をひるがえし、米田屋に近づいていった。

庭のほうにまわる。

庭に人影はない。洗濯物が干されている。男物の着物や下帯なども見える。

血がついている着物はないか、目を凝らしたが判然としなかった。

生垣を越え、庭に入る。障子の向こうに人けがないのを確かめ、障子をあける。水のようになめらかに身を入れた。

案の定、部屋に人はいない。いつも家族が居間としてつかっている部屋のようだ。

むっ。佐之助は一人そこそこ遣える侍がいることに気づいた。気配が弱く、これまで気づかなかったが、確実に近くにいる。

これは平川ではないか。しくじった。忍びこんだのをさとられたかもしれない。

平川など殺るのはたやすいが、やり合っているあいだに又太郎を逃したくはない。

佐之助は天井を見あげた。簞笥を足場にして、天井板をはずす。できたわずかな隙間に体をねじこむ。天井板をもとに戻す。

しばらく下をうかがっていたが、平川がやってくるようなことはなかった。杞憂にすぎなかった。

佐之助は、意外に大きな家の天井裏を動きまわった。

どこに誰がいるのか、はっきりとつかめた。台所に女が一人、店のほうにも一人。これはおきくにおれんだろう。

あるじの光右衛門は、自分の部屋で寝ている。風邪でも引いているのだろうか。

佐之助は、ついに又太郎を見つけた。光右衛門の部屋の廊下をはさんだ向かいの部屋だ。

そばに平川がいる。又太郎は布団に横たわっていた。

寝てはおらず、平川と女郎の話をしている。傷が治ったら、また行こう、と気楽なことをいっている。

きさまが行くことなど二度とない。天井板のかすかな隙間から、佐之助は語りかけた。

又太郎がいるのにどうして湯瀬がそばにいないのか、佐之助には理解できなかったが、とにかく好都合だった。

あの男が帰ってくる前に片をつけてしまえばいい。

又太郎の死骸を目の当たりにして、湯瀬はいったいどんな顔をするだろうか。

二

米田屋への道を急ぎに急いだ。

直之進の胸には、いやな感じが深々と居座っている。胸騒ぎというやつだ。

道行く町人たちをはね飛ばす勢いで駆けながら、直之進はとんでもないしくじりを犯した気になってきている。

やはり、又太郎のもとから離れるべきではなかった。富士太郎の仕事に首を突っこむべきではなかった。

まずいぞ。直之進は必死に駆けた。

脳裏に、又太郎の無惨な死骸が描きだされる。ずたずたに斬り裂かれ、血の海に横たわっている。目がぎょろりとむきだしになり、手がなにかをつかむように前にのばされている。

又太郎の死骸を目の当たりにしているかのようなあまりに明瞭な図に、直之進は暗澹たる気持ちになった。

そんなことはない。首を強く振って、その図を頭から追いやった。

米田屋までが果てしなく感じられるほど、遠かった。足を必死に動かしているのに、重い枷をつけられて水中を歩いているようなもどかしさが募る。これまでどれだけ駆けたかわからないが、まったく距離が縮まっていないように思えた。

ようやく小日向東古川町に入った。やがて米田屋の暖簾が見えてきた。

さすがに息があがっている。焼けたような喉は熱くせわしい呼吸を繰り返し、脇腹にはなにかを差しこまれたような痛みがある。足もあがらなくなってきている。

もうすぐだ。直之進は心を励まして、気力だけで走り続けた。

顔に絡む暖簾を引きちぎるような勢いで米田屋に飛びこむ。

途端に、おきくかおれんらしい女の悲鳴が届いた。店の奥だ。

やはり、と直之進は思った。刺客が来たのだ。

直之進は刀を抜き、廊下を突き進んだ。又太郎の寝ている部屋に入る。

琢ノ介が刀を抜いて戦っていた。

又太郎はどこだ。掻巻姿で部屋の隅に立っている。さすがに真っ青な顔をしているが、無事だった。琢ノ介が守ってくれたのだ。

直之進は心の底から安堵した。ただし、すぐに目をみはることになった。

琢ノ介の相手が佐之助であるのに気づいたからだ。

どうしてやつが。

すぐに解した。又太郎殺しを請け負ったのだ。

佐之助という思ってもみなかった男の登場に、直之進はしばし呆然とした。

「直之進、なにを突っ立っている。はやくこいつをなんとかしろ」

直之進は我に返った。琢ノ介の体には傷が一杯だ。

「すまん」

謝ってから、直之進は佐之助に突っこんでいった。

佐之助が琢ノ介から離れ、直之進と相対した。残念そうに首を振る。

「帰ってきちまったか。湯瀬、胸騒ぎでも覚えたのか。だとしたら、勘がいいのは俺だけじゃないってことだな」

せまい部屋のことで、互いにすでに間合に入っている。こんな間近に佐之助を見たのは久しぶりだった。

佐之助は、横で刀を構えている琢ノ介をまったく見ていない。気にもしていない。視線をじっと直之進に注いでいる。

直之進はわずかに前に出た。この場でこの男を殺れるだろうか。

殺ってしまったほうがいい。殺っておかないと、ずっと又太郎を狙い続けるだろう。

よし、片をつけてやる。直之進は決意を胸に秘め、殺気を体にみなぎらせた。

「やる気か」

佐之助が剣尖をあげ、白刃越しに直之進を見つめてきた。

端整な顔をしている。殺し屋にしておくには惜しいような男だ。

いや、こういう男だからこそ殺し屋が逆に似合っているのかもしれない。

直之進は、ふと佐之助の横に千勢を見たような気がした。錯覚にすぎなかったが、今のはなんだ、と思った。

もしや佐之助の思いが外にあらわれたのでは、と感じた。この男は本気で千勢に惚れているのか。

それだけで生かしておけない気になってきた。直之進は頭に血がのぼるのを感じた。

冷静にならなければ、と思うが、気持ちが静まらない。

「湯瀬、やり合うにはお互い、まだはやいと思わんか」

佐之助が静かに語りかけてきた。

はやいなどとは思わない。これまで何度こうして刃を向け合ったことか。

「ふむ、きさまは俺の考えとはちがうか。俺としても思う存分やり合いたいところだが、今はそのときではない」

少し悔しげな顔をしてみせてから、佐之助が体をひるがえした。家の外に駆けだしてゆく。

直之進は追うことはできなかった。

「直之進、追わんのか」

琢ノ介が叫ぶ。

「追いつけん」

それだけをいって、直之進は又太郎を見た。

「大丈夫ですか」

「ああ」

さすがに顔はこわばっているが、落ち着いている。

直之進はしわくちゃになっている布団を直し、又太郎を寝かせた。

「すまんな」

「いえ」

「おい直之進、わしの心配はせんのか」

そう口にした途端、精も根も尽き果てたらしく、琢ノ介は畳にどしんと尻を落とした。壁に背中を預け、ぜいぜいとあえいでいる。

「琢ノ介、よく若殿を守ってくれた」

「それがつとめだからな。だが、傷だらけにされたぞ。こうして生きていられるのは、部屋がせまかったおかげだ。そのためにあの男、思いきり刀を振れなかったようだ。わしは受けるだけだから、なんとかなったんだ。安普請の家を建てた米田屋に感謝しなければならんな」

琢ノ介が直之進を見あげる。

「しかしあの男、本当にすげえな。それを追い払える直之進もすごいが」

「本当にありがとう。よくやってくれた」

直之進はあらためて礼をいった。

「しかし琢ノ介、よく応対できたな。佐之助に不意を衝かれたのではなかったのか」

「ふと、誰かに見られている感じがしてな、それがどうにも振り払えなかったんだ。その視線がどこから発されているのか気になってなんとなく上を見たら――」

塚ノ介が天井を指さす。天井板が少しずれていた。

「黒い影が飛びおりてきたんだ。まさかそれが佐之助とは思わなかったが」

「塚ノ介も勘がいいということだな」

「それほどでもない」

塚ノ介が自嘲気味にいう。

「もし勘がいいのだったら、この家に忍びこまれたときに気づくはずだ。天井裏までこられてようやく、というのはどうなのかな。これでも町道場の師範代だぞ」

「いや、塚ノ介どのがいなかったら、俺は死んでいたよ」

又太郎がいう。疲れた顔をしているが、瞳には輝きが感じられる。目の前で繰り広げられた闘争の興奮が今になってよみがえってきたのかもしれない。

「塚ノ介どのは命の恩人というわけだ。本当にありがとう」

「いや、そんなにかしこまっていわれると照れてしまう」

「ほう、琢ノ介が照れるか」

「当たり前だ、直之進。俺にだって照れという感情はある」

おきくやおれん、光右衛門がこわごわと部屋に入ってきた。

三人とも青ざめている。顔からおびえが抜けていない。

「すまなかったな」

直之進が頭を下げる前に又太郎がいった。

「俺がやってきたことで、おぬしたちに迷惑をかけてしまった。すまぬ」

又太郎は心から詫びている。

その姿に、直之進は感動した。この人なら、沼里をまかせても大丈夫だ。きっ
といい政をしてくれる。

俺は守り抜いてみせる。

三

「ずっといてくださってかまわないですよ」

光右衛門はいってくれたが、ここはもはや危ない。佐之助はまた狙ってくるだろう。

「若殿」

直之進は呼びかけた。

「上屋敷に信頼できる者がいますか」

「いないこともないが、ここを動くことはないのではないか。直之進がついていてくれれば、さっきの殺し屋も襲ってはくるまい」

「しかし――」

「直之進、大橋民部に会ってみぬか」

又太郎がさえぎっていう。

「大橋さまですか。それがしに沼里へ行けと？」

「いや、もう江戸に出てきているはずだ。あの男は信用できる。民部には二度会ったことがあるのみだが、そのことは肌で感じた」

力強くいった。これだけ確信を持っていえるのなら、まちがいないだろう。又太郎の人を見る目は確かだ。

「大橋さまは今、上屋敷でしょうか」

「そうだろう。俺が戻らぬということで、おそらく騒ぎになっているはずだ」

「ならばさっそく行ってまいります」

「ちょっと待て、直之進」

横から琢ノ介が制する。

「おぬしが使いに出ちまったらまずいだろうが」

「琢ノ介どののいう通りだ。湯瀬が出向く必要はない。民部に来てもらおう」

又太郎にいわれて部屋に文机を運びこんできた光右衛門はさらに墨と硯、筆を用意してくれた。

直之進は文を書くという又太郎の代筆をしようとしたが、又太郎は首を振った。

「ここは俺が書いたほうがよかろう。代筆では信じてもらえぬかもしれん」

又太郎が布団から起きあがり、文机で文を書きはじめた。まだ傷は相当痛むはずなのに、その真摯な姿勢に直之進は見とれる思いだった。

「よし、これでよかろう」

又太郎が手渡してきた文を直之進は琢ノ介に託した。

「頼むぞ、琢ノ介」

「まかせておけ」

どんと胸を叩く。

「落とすなよ」

「わしがそんなへま、すると思うか」

「道はちゃんとわかっているだろうな」

「直之進、俺はおぬしよりも江戸暮らしはずっと長いんだぞ」

琢ノ介は少し暗い顔になった。

「なあ直之進、途中で佐之助のやつ、出てきはしないかな」

「出てこぬ。琢ノ介が標的ではない。それに、文を託されたことはいくら佐之助といえども、知らんだろう」

「そうだな。よくわかった」

上屋敷への使者となった琢ノ介は、勢いよく米田屋を飛びだしていった。

半刻後、琢ノ介は帰ってきた。

ともにやってきたのは確かに大橋民部だった。直之進は国元で何度も顔を見ている。

民部は供を一人連れたのみの、お忍びという形だった。文を読み、おそらく誰にもさとられぬように上屋敷を出てきたのだろう。

「ご無事でしたか」

民部は又太郎の姿を見て、涙を流さんばかりだった。いや、実際に目から涙があふれてきている。畳を濡らさんばかりの激しい泣き方だ。

この人の心に偽りはない、と直之進は思った。まちがいなく信頼できる。

「この者たちのおかげだ。民部からもよく礼を申せ」

又太郎が横になったままいう。直之進だけでなく、光右衛門やおきく、おれんも顔をそろえている。

涙を懐紙でぬぐい続けてようやく泣きやんだ民部は、光右衛門たちにていねいに礼をいっていった。

「おや、おぬしは……」

直之進で視線が動かなくなった。

「どこかで会ったことがあるかな」

「じかにお話ししたことはございませんが、沼里でお目にかかったことはあるものと」

「家中の者か。名は？」

直之進は名乗った。

「ほう、湯瀬直之進か。元気そうではないか。妻は見つかったか」

筆頭家老が自分のことを知っていたのが驚きだった。直之進の横で琢ノ介もびっくりした顔をしている。

民部が真剣な表情を崩さず続けた。

「おぬしは家中随一の遣い手よな。そのことはどうやら隠していたようだが、見る者が見ればわかるものだ」

顎を軽くなでてから、見据えてきた。

「宮田彦兵衛の下で働いているはずだが、ちがうか」

「どうしてご存じなのです」

「これでも沼里では筆頭家老よ。宮田のことを調べる必要に迫られることはあるし、それだけの手立ても持っておる」

「さようでしたか」

沼里では彦兵衛に対し、いいなりになっているという感じしかなかったが、さすがにだてに筆頭家老をつとめてはいないということか。

「でしたら、どうして宮田に対し、なにもなされなかったのです」

「筆頭家老のわしが宮田に対抗するとなれば、さらに血が流れよう。わしとしては日和見といわれようと、多くの者の血が流れるのはどうしても避けたかった」

なるほど、と直之進は思った。宮田と渡辺の抗争はあったものの、これまで家中でさほどの死者は出ていない。これは民部が沈黙を守ったゆえだろう。

民部が小さく咳払いする。

「湯瀬、おぬし、宮田の汚れ仕事をつとめていたな。今もか」

眼光鋭く見つめてくる。琢ノ介や光右衛門、おきく、おれんたちがはっとして顔をあげた。

「いえ、今はもう……」

直之進はそんなことをしていた過去が気恥ずかしく、言葉少なに答えた。

「そうか」

民部は、なおも直之進から目を離そうとしない。

「おぬし、もはや宮田を見放しておるな」

直之進はその一言で救われた思いだった。ここまでわかっていてくれるのなら、むしろ話はしやすい。

直之進は率直にたずねた。

「ご家老は、夏井さまたちを殺していませんね？」

「当たり前だ。わしに殺す理由はない」

「誰が三人を、とお考えです」

「確証はないが、宮田だろう」

「どうしてそういうふうにお考えに」

「夏井と使番の藤村は、どうやら宮田派を抜けようとしていたように思える。次席家老の渡辺に鞍替えしようとしていたらしい」

民部はそこで言葉を切った。

「家中の実権をどちらが握るか、宮田と渡辺が激しく争ったのは、湯瀬、おぬしも存じておろう。もっとも夏井たちを殺され、しかも鼻薬を嗅がされて渡辺はころっとおとなしくなってしまったが。とにかく、宮田は夏井たちの裏切りを許せなかったのだろう」

「しかし、それだけで殺しましょうか」

琢ノ介も小さくうなずいている。

「目付衆が夏井たちに近づいていた、という噂もある。もし夏井にこれまでの悪行をぺらぺらしゃべられたら、宮田にとって致命傷になりかねぬ、という点もあったのではないだろうか」

つまりは口封じということか。これは俺と同じではないのか。

直之進は唐突に気づいた。

「どうした、湯瀬」

布団から又太郎がきいてきた。

「なにか気になることでも？」

「はい。それがし、江戸に来てからこれまで何度も刺客に襲われましたが、どうして狙われたのか、その理由がようやくわかった気がいたします」

「申してみろ」

これは民部がいった。

「おそらく宮田は、つかい物にならなくなったそれがしが、とらえられるのを怖れたのではないでしょうか」

「詳しく話せるか」

直之進は心を決めた。これまでのことをすべて話すことにした。

強引なやり方を用い続けてきただけに、宮田彦兵衛の政策に不満を持つ者たちは多かった。

いや、不満という言葉だけではもはやすまされないところまできていた。今や、はっきり敵といえる者ばかりだった。

彦兵衛は沼里の富商たちと組み、さまざまな産業の振興や殖産をしていた。それはいい。だが、彦兵衛には金のにおいがぷんぷんとまとわりついていた。賄賂を特に好んだからだ。

賄賂を送った者だけが要職につくことができ、またそういう商家だけがうまい仕事にありつけ、ますます身代をふくらましてゆく。

その陰で、家中の者たちの暮らしは苦しくなるばかりだった。中老という立場にすぎないにもかかわらず、彦兵衛は金の力にものをいわせて政の実権を握っていた。

ある晩、料亭での会合の帰りのことだった。彦兵衛は十数名の侍に囲まれた。全員、深くほっかむりをしていた。

直之進は、彦兵衛から事前に警護を命じられており、彦兵衛の供の者たちから五間以上の距離をあけて、うしろからついていった。

むろん提灯など持たない。夜でも目がきくように、その手の鍛錬は子供の頃から受けていた。

彦兵衛からは、おぬしが近くにいるのを誰にも見咎められてはならぬ、とかたく命じられてもいた。

「最近、またも身辺に不穏な感じがしてならぬ。おまえは提灯の灯が届かぬ場所におれ。なにかあったら、すぐに駆けつけよ。もし襲う者があれば、斬り捨ててかまわん」

ほっかむりの侍たちが抜刀し、彦兵衛に襲いかかったのを見て、直之進は一気に近づいた。

斬るつもりはなく、峰打ちにする気でいた。しかし、思いのほか遣い手がそろっていた。

直之進は本気をださざるを得なくなった。峰を返していてはまともに戦えない。刀というものは、人を斬るようにできている。

やむを得ず刃を戻した直之進は、結局、二人を斬ることになった。

手応えから、二人とも即死であろうことは直之進にはわかった。ついに人を斬ってしまった、というやり場のない怒りのようなものが全身を貫いた。

二人の死で、ほかの襲撃者たちに動揺が走った。彦兵衛の供の者たちが力を得て、駆け去っていった。

襲撃者たちは二つの死骸を残して、駆け去っていった。

もう襲撃者たちが戻ってこないのはわかったが、直之進は彦兵衛のあとをさらにひそかについてゆき、彦兵衛が無事に屋敷に帰り着くまで護衛した。

彦兵衛が門のなかに姿を消すのを見届けてから、その場をあとにした。屋敷に帰り、水を浴びた。刀の手入れもする。

ついに人を斬ってしまったという思いが、再び浮かんできた。自分がもう人でなくなってしまったような気になった。

妻の千勢に、どうかされたのですか、と問われたが、人を斬ったことなど話せるわけがなかった。仕事のことでちょっとな、とごまかすしかなかった。

その夜、おそくなってから目付から呼びだしがあった。

二人を斬ったことが露見したか、と直之進は思ったが、目付の用というのは別のことにあるらしかった。

なんだろう。不審な気持ちを抱きつつ目付の役宅に行ってみると、そこには弟の死骸が横たわっていた。

直之進は驚愕するしかなかった。いったいどうして。

目付がどういうことがあったか、淡々と説明する。

弟は、彦兵衛を襲った者たちの一人だった。直之進は自分で斬ってしまったのを知り、愕然とした。

しかし、まさか部屋住の弟が宮田彦兵衛に、それだけの反感を抱いているとは。弟は無口で、兄弟の会話はほとんどなかった。直之進は弟のことをなに一つ知らなかった自らの迂闊さを呪わずにはいられなかった。

弟の死骸をその場で引き取ることはできず、許されたのは翌日だった。

葬儀は行えなかったが、彦兵衛のおかげで家の存続は許された。減知などの処分もなかった。

ただし、それ以降、直之進は刀が握れなくなった。

「これまで湯瀬が斬ったのは弟ともう一人だけか」

民部がたずねる。

「はい、そうです」

その前、同じように隠密のような警護についたとき、彦兵衛を襲ってきた侍たちがいたが、それらは殺すことなく撃退している。

その者たちはその後、目付の調べによって明らかになり、いずれも斬罪に処されている。

「そうであったな。おそらくそれは宮田の手であろう」

民部がいう。

いぶかしい思いで直之進は見返したが、すぐに民部のいいたいことを解した。寝床で又太郎も同じ表情をしている。

「つまり民部、こういうことか。いずれもわざと襲わせ、湯瀬に刀を振るわせる。傷を負った者を目付衆が捜しだすのは、いともたやすい」

「おっしゃる通りです。——湯瀬、ほかにはもうないのか」

直之進は、勘定方の侍と沼里の商人の二人を深夜、屋敷に忍びこんで脅したことがあります、と答えた。

「命は取らなかったのだな」

「はい。ただ、やり方としては汚いものでした。おぬしではなく、家族の命をもらう、という脅しでしたから」

「そういうことか。湯瀬、いつ宮田の手となった」

民部がさらにきく。

「生まれたときからです」

いつからそういうことになっていたものか知らないが、宮田家を守る役目については物心ついた頃、すでに父から教えられていた。

「そういうことであったか」

民部が嘆息する。

又太郎は唇をかたく引き結んだまま、なにもいわずにいる。

直之進は余すことなくすべてを話したが、胸のつかえが取れるようなことはなく、心には重いしこりのようなものが残った。


「なんとしても、若殿を襲った証拠を握らんといかんの」

腕組みをした民部がむずかしい顔でいった。

「なにかあるか」

又太郎が直之進に問う。

「ここは犬塚屋しかいないでしょう」

「犬塚屋？」

又太郎と民部が同時に声を発する。

直之進は説明した。

「その犬塚屋と沼里の誰がつながっているのか、わかっているのか」

又太郎が厳しい目できく。

「誰であるかはまだ不明です。富士太郎どのが探り当ててくれるかもしれませんん」

「しかし富士太郎どのは町方だからな、それはちときついかもしれんぞ」

「村上堂之介ではないでしょうか」

民部が確信ありげに又太郎にいう。

「村上？　ああ、存じておる。留守居役の下僚をつとめている男だな」

「村上は、宮田の飼い犬ともっぱらの評判の男です」

町方の動きが知れたら田光屋と同様、犬塚屋の口封じをするのでは、という思いが直之進にはあった。だから、富士太郎に目を離さぬようにいったのだ。

口封じのことは犬塚屋も考えるだろう。いちはやく逃げるかもしれない。だが、富士太郎たちはきっと逃がしはしないだろう。

「直之進」

琢ノ介が呼びかけてきた。

「その村上という者だが、犬塚屋の口封じ、必ずするかな」

「田光屋にも同じことをした。犬塚屋にしない、と考えるのは不自然だな」

「そうだよな」

　琢ノ介がつぶやく。

「口封じだが、今宵来るかな」

「どうだろう。町方の手が犬塚屋にのびたことは、まだ知るまい」

「口封じにやってくるのは佐之助かな」

「いや、ちがうだろう。田光屋と同じだと思う。おそらく村上本人ではないか」

「とすると、たいして遣えんのだな」

「そのはずだ」

　直之進は民部に確かめた。民部は村上の腕を知らなかったが、遣い手という評判もきかぬ、といった。

「ならば、村上をとらえる役目、わしにやらせてくれんか」

「いいのか」

「是非ともやらせてほしい。佐之助には冷や汗をかかされた。その借りを村上をとらえることで、少しでも返したい」

「いかがでしょう」

直之進は又太郎と民部にうかがいを立てた。

「琢ノ介どのなら大丈夫だろう。湯瀬、まかせよ」

又太郎にいわれ、承知いたしました、と直之進は答えた。

「若殿の仰せだ。琢ノ介、よろしく頼む。でも用心してくれ」

「まかせとけ」

琢ノ介が出てゆこうとすると、富士太郎から使いがやってきた。元飯田町の自身番の者だった。

犬塚屋鉄三をとらえた、という知らせだった。直之進が予期したよりもはやく、鉄三は夜が来る前に逃げだそうとしたのだ。旅姿をしているという。

とらえたというより、身柄を守るため、と鉄三にはいいきかせているそうだ。

「それで今、犬塚屋はどこに」

直之進は使いの者にただした。

「御番所です」

富士太郎が連れていったとのことだ。

「ちょっと待っていてもらえるか」

元飯田町に戻ろうとする使いの者を、直之進は引きとめた。

直之進はさっき又太郎がつかった文机で文を書き、使いの者に持たせた。

「足労だが、御番所に行ってくれんか。富士太郎どのに渡してくれ」

「承知いたしました」

使いの者は去っていった。

「なんだ、なにを書いたんだ」

琢ノ介がきく。

「犬塚屋に文を書かせるように、富士太郎どのに依頼したんだ」

「文だと？　なにを書かせるつもりだ」

「たいしたことはない。犬塚屋に町方がやってきたのを、村上に知らせるだけの文さ」

四

知らない家で、しかも誰もいないというのは、と琢ノ介は思った。ちょっと怖いものだな。

犬塚屋鉄三は独り身だった。前は女房がいたらしいが、病で死んだらしい。

その後、ずっと鉄三は独りで通してきたようだ。

その身軽さもあって、さっさとこの店から逃げだそうという気になったのだろう。

どこへ行くつもりだったのか。上方か。お伊勢参りだけでなく、京や奈良あたりの見物にでも行くつもりでいたのではないか。

鉄三の振りわけ荷物には大金が入っていたそうだ。

それだけの大金をどこからせしめたのか。決まっている。殺しの仲介料だ。

おそらく鉄三は言葉巧みに村上から金を引きだし、うまくごまかすことで貯めに貯めていたのだろう。

火鉢に火はいけてあるが、炭がよくないのか、あまりあたたかくならない。燈油もやはりよくないのか、行灯は煤ばかりあげている。

このくらい節約しないと、なかなか金というのは貯まらないものなのだろう。

だからといって、琢ノ介に見習う気などこれっぽっちも起きなかった。炭や燈油を惜しんで金を貯めたからといって、なにになるのか。

琢ノ介はその夜、犬塚屋ですごした。結局、その晩、刺客は来なかった。

夜が明け、あたりが明るくなっても、琢ノ介は店は閉めっ放しでいた。町方が調べに来た店としては、そのほうが自然だろうと思えたからだ。

ただ、腹が減ってもどこにも食べに行けないのにはまいった。犬塚屋の台所で、自分でつくるしかなかった。

もともと包丁は苦手だ。それでも犬塚屋に残された米で飯を炊き、味噌汁もつくった。

昼間はなにごともなくすぎ去り、琢ノ介はほとんど寝てすごした。なにもすることがなく、暇を持て余すしかなかった。

心配でならない。大きなしくじりを犯したのでは、と宮田彦兵衛は思えてならない。

犬塚屋鉄三から文を受け取った村上堂之介がやってきたのは、昨日の夜のことだ。

「町方の手が犬塚屋にのびたか」

文を一読して、彦兵衛はいった。

「宮田さま、いかがいたしましょう」

堂之介は、すでに手立てを考えている顔だった。

「おぬしはどうすればいいと思う」

彦兵衛がきくと、堂之介はしばらく黙していた。

「口を封ずるべきです。でなければ、我らに火の粉が降りかかってきます」

「だろうな」

「犬塚屋さえ殺してしまえば、疑いがかかったとしても、我らはまず罪に問われることはないでしょう」

「そうかな」

「はい。証拠がありませんから。宮田さま、やりますか」

「手立ては？」

「田光屋と同じ手立てを取るつもりでおります」

「犬塚屋も口封じを怖れているであろう。殺れるのか」

「このような文を書いてきた以上、まず大丈夫でございましょう。それに、犬塚屋は金に汚い男です。そのあたりをくすぐってやれば、きっと」

「よし、まかせる。しっかりやれ」

そういって堂之介を送りだしたのだが、彦兵衛の不安は高まるばかりだ。

どうすればいい。

彦兵衛は悩んだ末に手をぱんぱんと叩いた。

「誰かある」

はっ、と声をあげて家臣が襖の外に走り寄ってきた。

琢ノ介は夜になって、むっくりと起きあがった。水を一杯だけ飲んで、あとは目釘をしっかり確かめた刀を抱いてじっとしていた。

飯を食べなかったのは、満腹になるとどうも心が集中できないところがある、と以前から自覚しているためだ。

夜は静かに更けていった。ときがなかなかたつ気がせず、琢ノ介は空腹も手伝っていらいらした。

来るならとっとと来い。

やがて四つの鐘が鳴ってしばらくした頃、表の戸を叩く者があった。

来たか。琢ノ介はむしろほっとした思いで立ちあがった。廊下を歩き、土間におりる。

「どちらさまですかい」

わざとらしく咳きこんでから、商人の口調を真似てたずねる。

少し間があく。

「おぬしこそ誰だ」

「鉄三でございますが」

「ほんとうに鉄三か、声がちがうが」

「少し風邪気味なんです——そちらさまは村上さまでございますか」

「そうだ、わしだ」

「なんのご用です」

ここは警戒してみせるのが自然だろう。

「文はもらった。見せたい物があるのだ」

「なんですか」

「それはここではいえん。とても大事な物としかな」

「教えてください」

「おぬしにとってとても大事な物であるといえば、わかるであろう」

琢ノ介はしばらく沈黙した。

「どうした、犬塚屋」

「お金ですか」

「それはおぬし自身で確かめろ」

「わかりました。今あけます」

琢ノ介は戸に手をかけ、力をこめた。

戸をあけると、間髪入れずに一人の男が身を躍らせるように土間に入ってきた。すでに抜刀しており、斬りかかってきた。

「なにをするのです」

一応驚いてみせる。土間は暗く、村上は相手が鉄三でないことに気づいていない。

「すまんな、死んでもらう」

「いや、死ぬことになるのは、おぬしのほうだろう」

琢ノ介は自分の声に戻った。腰に差してはいたが、刀を抜くまでもなかった。

目の前の男が鉄三でないことに驚きあわてた堂之介をとらえることは、造作もなかった。

「どうして……」

土間に顔を押しつけられて、堂之介があえぐ。

「話せば長いが、おぬしは罠にはまったということだ」

琢ノ介は、あらかじめ用意しておいた捕縄で堂之介をがちがちに縛りあげた。

「よし、立て」

「とらえたぞ」

戸口から外に出る。

闇に向かって声をかける。

「ご苦労さまです」

あらわれたのは富士太郎と珠吉だ。ほかにも小者らしい者が数名いる。

「よし、引き渡すぞ」

琢ノ介は捕縄を珠吉に預けた。

「これからこの男はどうなるんだ。大名家の侍だから、ちょっと厄介なことになるのではないのか」

「すぐに沼里の上屋敷に引き渡すことになるでしょう。処分はそちらで決めるはずです」

「なるほどな。それにしても富士太郎、腹が減ったよ。食い物屋、近くにないか」

「もう四つをまわっていますからねえ。その辺で煮売り酒屋でも見つけたらいかがです」

「なんだよ、ずいぶん冷たいいい方するじゃないか」

富士太郎がにっこりと笑う。

「冗談です。米田屋に行けばよろしいですよ。美形の二人が食事をつくって待ってくれているはずです」

「本当か」

琢ノ介は喜色をあらわにした。

「もちろん本当ですよ。――平川さん、こちらの小者を一人お貸しします。町方の者がいれば、とうに閉まった町の木戸もすいすい通れますから」

五

琢ノ介から村上堂之介を引き継いだ富士太郎たちは、夜道を悠々と歩いた。

気のせいか、小者が持つ提灯も一際明るいように感じられる。

村上堂之介さえ押さえてしまえば、宮田彦兵衛とかいう黒幕もきっととらえることができるだろう。

むろん、彦兵衛をとらえるのは富士太郎たちではない。沼里の目付衆ということになろうか。

彦兵衛をとらえてしまえば、まだ佐之助や千勢のことが残っているとはいえ、きっと直之進も一区切りつくのではないだろうか。

直之進からはあまり詳しくは知らされていないが、富士太郎はなんとなくそんな気がした。

区切りがついたら、直之進はどうするのだろう。沼里に帰るなんてことはあるのだろうか。

あるかもしれない。沼里は直之進の故郷なのだ。

故郷ほど人を惹きつけるものはあるまい。人はいつか故郷に帰るものともきくし……。

そんなことを思ったら、とてつもない寂しさが体を包みこんだ。湯瀬直之進がいない江戸なんて、いやだ。いやだよう。

「どうかしたんですかい」

捕縄を持つ珠吉が目を向けてきた。

「いや、なんでもないよ」

「そうですかい。それならいいんですが、なにか気がかりがあるような顔、していたものですから」

「おいらにもいろいろあるからね」

「まあ、そうでしょうね。旦那はまだ若いですからね」

ふと珠吉がうしろを気にした。

「どうかしたかい」

「いや、なんとなくですけど、誰かに見られているような気がしたんですよ」

「今はもう感じないのかい」

「ええ、消えました」

珠吉が首をひねっている。

南町奉行所まではまだかなりある。四半刻は優にかかるだろう。

「誰かに見られていたか。いやな感じだね」

富士太郎は、暗闇のなか堂之介がほくそえんでいるのを目にした。

「なんだい、なにを笑っているんだい」

「なんでもないさ」

堂之介はそれきり口を閉じた。

「やな野郎だね。こんなやつ、おいら、大きらいだよ」

いやな予感が富士太郎にはある。

さっきまでとても明るく感じられていた提灯も、今は心許ない光を発しているようにしか思えない。

小者が持つ提灯は、闇の深さを逆に富士太郎に教えているかのようだ。

四つをかなりすぎていることもあり、路上に人けはまったくない。歩いているのは富士太郎と珠吉、あとは二人の小者だけだ。

こんなことなら、琢ノ介についてきてもらえばよかった。

いや、琢ノ介より、直之進に来てもらえばよかった。

直之進に奉行所までの道中、警護を頼まなかった迂闊さに、富士太郎は自らを殴りつけたい思いだった。

そして、そのいやな予感は的中した。

目の前にずらりと侍が立ちはだかったのだ。五名いるのを、富士太郎はすばやく見て取った。いずれも深く頭巾をしている。

「なんだい、あんたら」

捕縄を握ったまま珠吉が前にずいと出る。小者たちは腰が引けて、今にも逃げだしそうだ。提灯の明かりが夜に震えている。

侍たちは無言だ。一人がすらりと刀を抜いた。

それを合図にしたように、他の四人も抜刀した。

すっと二歩ほど前に出るや、気合もかけずに侍の一人が珠吉に刀を振りおろしてきた。

うわっ、なにしやがる。珠吉があわててあとじさる。

ぶん、と風を切る音が富士太郎に届いた。

うわっ、こいつら本気だよ。富士太郎は懐の十手に触れかけて、思いとどまった。ここは長脇差のほうがいい。

長脇差をすばやく引き抜こうとしたが、焦っているのか、うまくいかない。その間に、侍たちは富士太郎たちを取り囲む態勢をつくりあげた。

二人の小者は提灯を投げ捨て、できあがった闇の洞窟のなかへ走りだした。年に三両そこそこの給金だ。こんなところで命を落としたら、確かにつり合わない。

うしろにまわりこんだ一人が刀を振りおろしてきた。明らかに狙いは堂之介だ。

堂之介が女のような悲鳴をあげる。それと同時に、珠吉が捕縄を引いた。

「ちょっと待て。どうしてわしを斬るっ」

珠吉の力が余りに強かったのか、よろけた堂之介が叫ぶ。すぐにさとった顔をする。

「口封じか」

それに応えることなく、侍が袈裟に刀を振る。堂之介はそれもよけたが、別の侍が背後に近づいていた。

ようやく長脇差を抜き放った富士太郎は、背後から堂之介を殺しにかかった侍に向かって長脇差を胴に振り抜いた。

あっさりとかわされたが、そのあいだに堂之介は死地を脱することができた。

五名の侍は徐々に包囲の輪をせばめてくる。

富士太郎と珠吉、それに堂之介の三人は、商家の壁を背にして、まったく動けない状態に追いこまれた。

まずいよ、これは。富士太郎は思った。震えが足にきて、がくがくと音がしている気がする。こんなときだが、そのことがとても恥ずかしかった。

「珠吉、呼子《よぶこ》を吹きな」

心を励まして、珠吉に命ずる。うなずいて、珠吉が懐に手を入れる。

そうはさせじと侍たちが一気に斬りかかってきた。

富士太郎は覚悟を決めて前に出た。がきん、と音がし、腕のなかで長脇差がはねおどった感触があった。

長脇差がどこかに飛んでいってしまったのでは、と思ったほどの衝撃だったが、いまだに手のうちにあった。

富士太郎は強く握り締めた長脇差を必死に振るい続けた。

だが、真剣にはかなわない。しょせんは刃引きで、あまりに戦う力がちがいすぎる。

体にいくつか傷ができた。痛みは感じないが、それも今のうちだけだろう。

ああ、おいらはこんなところで死んじまうのかい。だったら、もう一度直之進さんの顔を見たかったなあ。

そんなことをぼんやりと思いつつ、富士太郎は長脇差をひたすら振るった。ただし、相手にはまったく当たらず、侍たちの力を弱めることなどできない。

珠吉も片手で捕縄を握り、片手で十手を振るっている。珠吉の奮戦がなかったら、富士太郎はとうにあの世に行っていたにちがいない。

無我夢中で戦っているうち、いつしか、目の前に侍がいなくなったことに富士太郎は気づいた。

あれ、どうしたんだい。目の前の闇に目を凝らす。

きん、という音が右手からし、同時にぱっと火花が散ったのが見えた。さらに刀同士の打ち合う音がし、続けざまに火花が闇に流れる。

どういうことだい。富士太郎にはわけがわからなかった。

横で珠吉も同じ表情だ。堂之介は生気を取り戻している。

「なんだい、誰か来てくれたのかい」

「そうみたいですねえ」

「誰かな」

「旦那の待ちこがれていた人じゃないですかい」

すでに珠吉の声には余裕がある。

「えっ、じゃあ?」

「だと思いますよ」

闇にうっすらと浮かぶように見えている珠吉の顔には、確信がくっきりと刻みこまれている。

やはり来たか。

直之進は風のように走り、富士太郎たちのもとに近づいた。

村上堂之介への口封じがあるのでは、と考え、琢ノ介から堂之介を引き継いだ富士太郎たちのうしろをつけていた。

しばらくはなにごとも起きなかったが、やがて妙な気配が富士太郎たちの前のほうから霧のように漂い出てきたのを感じた。

富士太郎たちが五名の侍に囲まれたのが見え、直之進は即座に駆けつけようとしたが、富士太郎たちを襲おうとしていたのはその五名だけではなかった。

さらに、背後から狙おうとしている者が三名いたのだ。

三名を峰打ちで叩き伏せるのにさしてときはかからなかったはずだが、刃引きの長脇差しか持たない富士太郎たちにとっては、かなり長く感じられたにちがいない。

直之進は、富士太郎へ刀を振るい続けている侍の胴に強烈な一撃を見舞った。

侍は腰を折り、地面にくずおれてゆく。

直之進は、珠吉にも執拗な攻撃を加えている侍にも同じことをした。かすかなうめき声を発したあと、この侍もぐったりと地面に横たわった。

さすがに残りの三名は仲間の異変に気づいた。直之進に向き直る。

直之進は侍たちを富士太郎たちから引き離したかった。二間ほど動くと、侍たちは引かれたようについてきた。

そこで激しい戦いになった。直之進といえども刀を触れさせずに一撃で仕留めることはできず、何度か刀を合わせることになった。

それでもたいしたときをかけることなく、残りの三名を地面に這わせた。

最初に叩き伏せた三名がその場にうずくまったままか、それとも逃げたかはわからないが、目の前の五名は体をよじるようにして苦しがり、その場を動けずにいる。

直之進は五つの刀を蹴りあげ、脇差を鞘ごと腰から抜き取ってから、富士太郎たちのもとに寄った。

「大丈夫か。怪我はないか」

富士太郎たちにいうと、直之進さん、と大きな声が闇に響いた。

「よく来てくれましたよお」

富士太郎は抱きついてきそうな勢いだ。

「でもどうしてここに」

直之進は説明した。

「えっ。だったら最初から警護についてくれればよかったのに」

富士太郎が不満そうに頬をふくらます。

「そうしたら、こいつらが襲ってこなかったかもしれん」

富士太郎はさとった顔つきになった。

「生き証人がほしかったんですね」

「そういうことだ」

地面に倒れこみ動けずにいるこの侍たちが、宮田彦兵衛の家臣であるのは紛れもない。彦兵衛はやむにやまれず、ついに家臣をつかったのだ。

この者たちを突きつけてやれば、彦兵衛といえどもよもやいい逃れはできまい。

六

犬塚屋鉄三、村上堂之介の二人の白状により、国元で夏井与兵衛など三名を殺すように命じたのは宮田彦兵衛だったのが明白になった。大橋民部の名を騙ったのだ。

その偉丈夫ぶりに驚き、又太郎を殺すように堂之介に命をくだしたのもはっきりした。

また、沼里から宮田が堂之介に宛てて送っていた文があり、その内容は直之進を一刻もはやく亡き者にしろ、というものだったことも明らかになった。

直之進自身も、これまでのことを洗いざらい証言した。

もはや、宮田彦兵衛の罪は隠しようもなかった。

病床の誠興に代わり、又太郎がすべての仕置を決定した。又太郎自身、負わされた傷がまだ癒えたというわけではなかったが、そのあたりは若さだった。

宮田彦兵衛は斬罪。村上堂之介は切腹。

切腹のほうが罪としては軽く、侍の名誉を重んずるものとされている。

直之進は宮田の走狗として働いていた以上、咎《とが》があるべきだったが、又太郎の命を救うなど格別の働きがあったことで、罪に問われることはなかった。

犬塚屋鉄三の仕置を行うのは、町奉行所のほうだった。

鉄三が一切隠しごとをすることなく話をしたことは酌量されるべきことかもしれないが、殺し屋との仲介などをして多くの者の命を奪ってきたのは疑いようのない事実だ。まちがいなく死罪だろう。

しかし、肝腎の宮田彦兵衛はすでに上屋敷から逃亡していた。

忽然と姿を消したのだ。どこに行ったのか、行方はまったく知れない。

おのれに捕り手がかかったことを、いちはやく知ったのだ。そのあたりの鼻のよさはさすがが、としかいいようがなかった。

直之進としては、彦兵衛をどうしてもとらえたい。とらえたくてならない。

いったいどこに行ったのか。直之進は米田屋で必死に考え続けた。

沼里に帰ったのか。そうかもしれない。

同じことを考えたのが大橋民部で、即座に追っ手が東海道に放たれた。

しかし、つかまらないのでは、という予感が直之進にはあった。

実際、民部のもとにいい知らせは入ってきていないようだ。

宮田彦兵衛の家臣たちをとらえてから、すでに十日たった。

いまだに彦兵衛の行方は知れない。村上堂之介の切腹はまだ行われていない。

彦兵衛がとらえられるのを待っているのだ。

犬塚屋鉄三のほうも、小伝馬町の牢屋敷に入れられたきりだ。まだ仕置は決まっていないときく。

これから牢屋敷から町奉行所に何度も繰り返し連れていかれては、吟味方与力による厳しい取り調べがなされることになる。

彦兵衛はつかまらず、佐之助も姿をあらわさないとはいえ、十日もたったことで、直之進自身、落ち着きを取り戻してきた。

光右衛門の風邪はとうに治ったのだが、今は腰が痛いといいだしている。

「歳ですなあ」

嘆息していったが、これも仮病ではないか、という気がしてならない。

しかし、仕事のほうをまかせてくれるのは直之進にとってはありがたかった。

光右衛門の信頼が感じられるし、なにより集中できることで、この上ない気晴らしとなっているからだ。

この日は日和が春のように穏やかであたたかなこともあって仕事に専念しすぎたか、直之進は帰りが少しおそくなった。

米田屋への帰路を急ぎに急いだ。おそくなることで、光右衛門たちに心配をかけたくない。

直之進はすっかり暗くなった道を、提灯を手に歩き続けた。

はっとする。大気を引き裂く鋭い音がしたからだ。それがなんなのかつかめぬままに提灯を投げ捨てた直之進は頭を低くしざま、すばやく体をひねった。

体をかすめてなにかが飛びすぎた。

矢だ。直之進はそれで誰が狙ってきたのかさとった。

次々に矢は飛んでくる。宮田彦兵衛がかなりの腕であるのは知っている。

いや、かなりどころではない。弓矢の達者といっていい。

直之進は刀を抜き、走りだした。執拗に矢は放たれている。

直之進は駆けながら矢をかわし、刀で叩き落とした。

どこだ。彦兵衛の姿を捜す。

見つからない。彦兵衛も距離を置くために、次々に移動しているようだ。

またも矢が飛んできた。それは右からだった。

直之進は視線を転じた。かなり大きな町屋がある。そこの庭の生垣から矢が飛んできたように見えた。

直之進は一気に足をはやめた。生垣の向こうに人影が立ちあがった。弓を引きしぼり、直之進に的を定めている。

距離は八間ほど。彦兵衛はまだ放たない。ぎりぎりまで引きつける気だ。

直之進は背筋に汗がびっしりと浮いたのがわかった。こんな距離で強弓《ごうきゅう》の矢を受けたら、さすがによけられないのではないか。刀で弾けるかどうか。

直之進としては、しかし突っこむしかなかった。

彦兵衛の目が、直之進にじっと据えられている。

今か、と思ったがまだ彦兵衛は我慢している。距離はもう五間もない。

直之進は矢ではなく、彦兵衛に視線を集中した。闇のなか、彦兵衛の血走った目がはっきりと見えた。

その目が微妙に動く。

今だ。直之進はさとった。次の瞬間、矢が放たれた。

胸板を狙っていた。直之進は体を思いきりねじった。

かわせたという自信はあったが、確信はなかった。

胸に矢が突き立っていないのを確かめる。やった、と思った。猛然と彦兵衛に迫る。

だが彦兵衛にとって、二の矢こそが本当の狙いらしかった。一の矢は直之進の体勢を崩すためのものでしかなかった。

直之進は罠にはまったのを感じた。

距離は一間。彦兵衛が不気味な笑いを浮かべた。はずすはずがないという自信の笑みだ。

存分に引きしぼられた弓から矢が飛びだす。またも胸板を狙っていた。

猛烈な風の音がした。

よけられぬ。覚悟を決めつつ、それでも直之進は体をひねった。左の脇の下に強烈な痛みが走る。

だが、風は痛みとともに後方に吹き飛んでいった。脇の下近くの肉をこそげ取りながら、抜けていったのだ。

間合に入りこんだ直之進は、刀を振りおろした。彦兵衛は弓を捨て、すでに刀を引き抜いている。

がきん、と刀同士が激しく打ち合う。

彦兵衛が刀を取ってもそこそこ遣えることを、直之進は知っている。だが、直之進の刀の勢いに押され、はやくもふらついた。

「きさま、よくも裏切りおって」

かろうじて体勢を立て直し、ののしるようにいう。

「先に裏切ったのはきさまだ」

いろいろいいたいことはあったが、直之進はこれだけを告げた。

もはやこの男の寿命は尽きつつある。今さら、うらみつらみをいったところではじまらない。

「きさま、あるじに向かってそのいい草はなんだ」

「もうあるじではない」

直之進は、振りおろされた刀を足の運びでかわし、彦兵衛の横に出た。

闇のなか、彦兵衛は直之進を見失った。直之進は刀を背中に叩きこんだ。

ぐえっ。腹を潰されたかのような声をだし、彦兵衛が両膝を地面につく。前かがみに倒れそうになったが、気力を振りしぼり、刀を横に薙いできた。

直之進は難なくかわし、彦兵衛の背中にもう一撃を加えた。

ぐっ。息がつまったような声とともに彦兵衛は背を突っぱらせ、そのあと力が抜けたようにがくりと前に倒れこんだ。背中の痛みに、体をよじるようにして苦しがっている。

「安心しろ。峰打ちだ」

だが、その声は宮田彦兵衛の耳には届いていないようだ。ただひたすら、うめき声をあげ続けている。

直之進には、その声が彦兵衛の体に棲む魔物の断末魔のようにきこえた。

とにかく、と直之進は思った。これで沼里の一件は終わりだ。

彦兵衛から視線をはずした。

眼前に深く横たわる闇のなかに浮かんできたのは、佐之助と千勢の顔だった。

七

一応の取り調べのあと、宮田彦兵衛は上屋敷内で斬首に処された。孫の健次郎はなに一つ与《あずか》り知らなかったということで、咎が及ぶことはなかった。

村上堂之介を亡き者にしようとした彦兵衛の八名の家臣は、本来ならあるじと同じく斬首になるはずだったが、又太郎の温情で放逐ということに決まった。

彦兵衛の死んだ同じ日、村上堂之介は切腹した。切腹といっても扇子腹《せんすばら》に近いもので、ほとんど斬首も同然だった。

犬塚屋鉄三も死罪がいい渡されるのは確実で、あと二ヶ月以内に牢屋敷内の仕置場で首を刎ねられることになる。

宮田彦兵衛は死んだとはいえ、まだ佐之助が残っている。

宮田彦兵衛や村上堂之介などの依頼主が死んだのを、佐之助は知っているのだろうか。知ったとしても、やつのことだ、仕事をやめない気がする。

上屋敷の又太郎の居室で、直之進はその思いを口にした。

「湯瀬のいう通りだ」

又太郎が直之進を見て、首を深くうなずかせる。

「話をきく限り、佐之助は相当執念深そうだ。まずまちがいなく俺を狙い続けるだろう」

「佐之助を討ち取るしか道はございませんな。どうすれば佐之助を討てましょうや」

大橋民部が又太郎に問う。

「俺に考えがある」

又太郎は決意を表情にみなぎらせている。

「俺がおとりになればよかろう」

「いけませぬ」

なんでもないことのようにいった又太郎に、民部が間髪入れずに反対する。

又太郎がいいきかせるようにゆっくりとかぶりを振った。

「俺が一人になれば、きっとやつは襲ってこよう。湯瀬、そのときを逃さずやつを討て」

あまりに危険すぎる、と直之進は思った。だが、こういうことをいえる大名家の跡取りは、日本中でもそうはいないだろう。沼里の者として、直之進は又太郎を誇りに思った。

「いけませぬ」

民部が激しい口調でいった。

「湯瀬は遣い手とは申せ、佐之助とは互角ときいております。もし湯瀬が確実に勝てるとしても、それがしは若殿がおとりになられるのを決して認めませぬ。互角ではなおさらにございます」

「しかしこのままにしておけば、やつは常に俺を狙うのであろう。それは、我慢できぬ」

「いえ、おやめください」

「民部がやめろと申しても、俺は行くぞ」

「それがし、命に懸けてもおとめします。若殿、せっかく拾った命です。お覚悟はあっぱれですが、また捨てに行くような真似はおやめになりますよう」

「俺は行く。民部、総勢で俺を守ってくれればよいではないか」

「しかしもし湯瀬が敗れた場合、それがしどもの手勢では佐之助に蹴散らされるやもしれませぬ」

又太郎が直之進に向き直る。

「佐之助はそんなに強いのか」

「若殿が米田屋でご覧になった通りです」

「あのとき、やつは逃げだしたではないか」

「戦う気がなかったからにすぎませぬ」

「湯瀬、まともにやれば本当に互角なのか」

「御意」

「しかし俺は湯瀬が勝つと信じている。湯瀬、わしが女郎宿に行くか、それとも遠駆けに出るか、どちらかだな」

「若殿」

直之進は静かに首を振った。

「どちらもおやめになったほうがよろしいかと存じます」

「ふむ、見え見えすぎて、佐之助はのってこぬか」

「さて、いかがでしょう。おのれにとてつもない自信を持つ男ですから、罠と知っていても襲ってくるものとそれがしは考えます」

しかし、と直之進は続けた。

「それがしがおやめになったほうがよろしいと申しあげたのは、若殿がそこまでおやりになる必要はないからです。ここはそれがしにおまかせください」

口調は穏やかだが、断固たる思いを言葉ににじませる。

「どういうことだ、湯瀬。なにか手立てがあるのか」

「手立てというほどのものはございませぬ。ただ、それがしならやつと一対一で話せるものと」

又太郎が気づく。

「話すだけか」

「いえ、おそらくそれだけではすまされぬでしょう」

「戦うのだな」

「やつがやる気になれば、ですが」

「勝てるのか」

「自信はありませぬ。ただ――」

又太郎は口を差しはさむことなく待っている。それは民部も同じだ。

「それがし、やつに殺される気もございませぬ」

翌日の早朝、日がのぼるかのぼらないかという頃、直之進は誰にも場所を告げず、一人、米田屋を出た。

光右衛門やおきく、おれんが心配そうに見送ってくれた。三人には、必ず戻ってくるゆえうまい飯をつくっておいてくれるように頼んだ。

両刀を腰に帯びて直之進は、行商に出かける蔬菜売りの百姓たちの姿しか目に入ってこない街道を、黙々と歩き進んだ。

四半刻ほど歩き、右手に折れて獣道のような草が踏みにじられただけの道に足を踏み入れた。

街道から三町ほど行って、足をとめる。そこは広い原っぱだ。

深い木々などまわりから視野をさえぎってくれるものはないが、少なくとも街道を行く者に見咎められる心配もない。

巣鴨村。又太郎が四人の刺客に襲われ、大きな怪我を負った場所のすぐそばだ。

風が強い。いかにも冬らしい冷たさがあるが、ただし身を切るようなというほどではない。春がそんなに遠くないことを思わせる、あたたかみのようなものがかすかだが感じられた。

原っぱといっても草が一面に生えているだけでなく、そこかしこの草がはがれたように土が見えている。風が吹くたびに砂塵が舞いあがり、それが目に飛びこんでこようとする。

来るかな。

一陣の風が吹きすぎていったあと直之進は思ったが、必ず姿をあらわすという確信が根づいたように心にある。

直之進は今日、佐之助と決着をつけるつもりだった。その決意は、佐之助にも通じているはずだ。

おそらく三刻近くは待っただろう。太陽はすでに西の空に傾いている。

頼りない陽射しを浴びて細い道をこちらに歩いてくる人影が遠くにぽつんと見えたとき、直之進は、やつだ、と直感した。

これまでも何人もの百姓や旅人らしい者が街道を通ったが、直之進は一目見て佐之助ではないとわかった。

だが、今ゆっくりと近づいてくる人影からは、一瞬たりとも目を離すことができなかった。

街道を右に折れ、人影は獣道を進んでくる。

近づいてくるにつれ、直之進は顔が熱くなってきたような気がした。

それは、向こうも直之進をじっと見ているからだ。視線が蔓のように絡み合う。

直之進から五間ほど置いたところで、佐之助は立ちどまった。瞬きすることのない目で見つめている。

「待たせちまったな。それにしても湯瀬、ついにけりをつける気になったか」

言葉を放ち、不敵な笑みを浮かべた。

「やる気になったのはきさまのほうだろう」

直之進は風にのせて言葉を返した。

「その通りだな。でなければ、ここにはやってこぬ」

佐之助が腰を落とす。両刀を差していた。

「では湯瀬、やるか」

直之進は手をあげて制した。

「その前に一つききたいことがある」

佐之助がにやっと笑う。

「当ててやろうか。又太郎のことだな。安心しろ。依頼主が死んだ今、もはやつけ狙う気はない」

まことか、といおうとして直之進はとどまった。顔を見る限り、佐之助は本音を吐露している。

もしここで直之進が死んだとしても、又太郎に危害が及ぶことはない。

「安堵したか」

佐之助が再び腰を落とす。刀に手を置いた。

ただそれだけのことなのだが、並みの遣い手には見られないしなやかな動きだ。殺気が全身にみなぎりはじめている。

直之進は、目に見えない何者かが佐之助の体という器に、力という酒を注ぎ入れている、との錯覚にとらわれた。

佐之助の体が、一際大きくなったような気がする。直之進は気圧されるような気分を覚えた。

「では湯瀬、やるか」

佐之助が自信たっぷりにいう。

負けていられなかった。直之進は心気を静め、気力体力ともに充実するのをじっと待った。

余裕なのか、そのあいだ佐之助は仕掛けてこなかった。

佐之助がすらりと刀を引き抜く。

直之進も抜刀し、正眼に構えた。

「ふむ、いい構えだ。隙というものが見当たらんぜ」

それは佐之助も同じだった。まるで、天空に向かってそびえる鋭峰を目の当たりにしているかのようだ。

八

佐之助が突っこんでくる。先に攻勢をかけたほうが勝ちといわんばかりだ。

風のようなすばやさだ。一気に間合がつまる。

直之進はその勢いに押され、剣尖をあげかけた。

直之進の間合より、佐之助は深く入ってきた。腰の据わりっぷりと思いきりのよさに、直之進は目をみはらされた。

頭上から猛然と刀が振りおろされる。直之進があげた刀にがつっ、と当たった。

火花が散る。これまで味わったことのないような衝撃だ。だがうしろに押されることはない。互角といっていい。

直之進は刀を袈裟に振った。空を切る。佐之助が胴を狙う。直之進は弾き返し、刀を逆胴に持ってゆく。

佐之助が払い、袈裟斬りを見舞ってくる。直之進は横に動いてかわし、再び逆胴に刀を薙いだ。

佐之助は軽やかな足の運びで避け、直之進の胸に向けて突きを繰りだしてきた。

いきなりそんな技をだしてきたことに驚いたが、直之進は冷静に対処した。刀を持ちあげ、佐之助の刀が刃の上を滑るようにした。

がら空きの胴が目の前にある。直之進は大振りにならぬように注意しつつ、存分に刀を横に払った。

佐之助はうしろにはね跳んで、直之進の刀をよけた。そのあまりの軽やかな動きに、直之進は目を奪われた。

強風を受けた凧のように、佐之助が一気に突っこんでくる。刀を八双に構えていた。

間合に入るや、やや浅い角度で刀を袈裟に振りおろしてきた。直之進は弾き返し、袈裟斬りを佐之助の顔面に落とした。

打ち返された。手が力なく上にあがってしまうような強烈さを秘めていたが、直之進はこらえ、刀を構え直した。前に出て、佐之助の肩先を狙う。

これも打ち返され、直之進は土に足を取られ、少し滑った。その間も佐之助から目を離さなかったが、佐之助の瞳がきらりと光を帯びたのをはっきりと見た。

佐之助が宙を飛ぶ勢いで突進してきて、袈裟斬りを打ちおろしてきた。

直之進は刀でまともに受けとめた。力士にでも押されたかのようにずずっとうしろに下がる。

強烈だった。これだけの斬撃はこれまでの人生で受けたことがない。

佐之助とはじめてやり合ったときのことを思いだす。あのときすでに強烈さは脳裏に叩きこまれていたが、ここまでではなかった。

佐之助はあれから人知れず鍛錬に励んでいたのだ。湯瀬直之進を殺す、ということを目標にして。

やはり、幼なじみの恵太郎を殺されたうらみは深かったのだ。

佐之助の刀が横に払われた。直之進は刀をおろし、受けとめた。

またも強い衝撃が直之進の体を襲い、足が土の上を滑った。あがった土埃を風がさらってゆく。

次は逆袈裟だった。直之進は刀を振りあげ、衝撃に備えた。

だが、その備えはわずかにはやすぎたようだ。佐之助の刀は一気に胴へと変化したのだ。

蛇のように刀が体に巻きつこうとしている。

刀では間に合わない。下がるしかないが、それでも及ばないかもしれない。

直之進はうしろに跳んだ。刀が脇腹ぎりぎりをかすめてゆく。

直之進は体勢を立て直そうとしたが、うしろに下がることは佐之助はすでに予期していたようで、間合をつめてきた。

突きがきた。直之進は体をひねってよけるしかなかった。

しかし、それは見せかけの突きだった。体をひねることで直之進がつくった左肩の隙に、刀が浴びせられる。

しまった。直之進は思ったが、さらに体をひねることで斬撃を避けた。すぐに刀が反転して、直之進の腹を狙ってきた。

直之進は背を丸めるようにしてそれをよけた。また突きがきた。

直之進はようやく振りあげることのできた刀で、佐之助の刀を横に払いのけた。きん、という鋭い音が響く。

音が風のなかに消えるや、同時に佐之助の姿も視野から消えた。背後に出るつもりだ、と直感し、直之進は体をまわした。

そのときには真上から刃が顔に迫っていた。ひゅん、という風音が耳に届く。

直之進は刀の柄でかろうじて受けた。またもやすごい衝撃が腕に伝わり、直之進は額の右側に痛みを覚えた。

自分の刀の鍔が当たったのだ。

額が破れ、血が流れだしたのがわかったが、今は気になどしていられない。

佐之助の姿がまた見えなくなった。再び背後に出ようとしているのだ。

直之進は佐之助の姿を追って、体をまわした。しかし佐之助はいなかった。

またも裏をかかれたのを直之進はさとった。背中を完全に取られた。

直之進はなにも考えず、前に跳ぶしかなかった。今まで体があったところを猛烈な風が吹きすぎてゆく。

直之進は草の上を転がり、立ちあがった。佐之助が突進してくる。すでに刀を胴に振っている。

直之進は体をかがめ、白刃の下をくぐり抜けた。刀が燕のように直之進を追ってきた。

直之進は今度は横に跳んだ。草の切れた地面で体を転がし、起きあがろうとしたが、すばやい足の運びで佐之助が追ってきていた。

その姿が見えたわけではないが、土から伝わる響きが直之進にそのことを教えた。そのままごろごろと土の上を転がった。

なおも佐之助は追ってくる。

どす、と音がし、顔の横に刀が突き刺さった。

まずい。直之進は立ちあがろうとした。

そこへ首を刎ねる勢いで刀が振られた。直之進は横に倒れこむしかなかった。鬢の上のほうの毛を刃がこそげ取ってゆく。

刀が反転して追ってこないうちに直之進は立ちあがり、刀を構えた。

まともに構えることができたのは、実に久しぶりのような気がした。ごくりと息を飲む。

まだ息はさほど荒くなっていない。これなら大丈夫だと自分にいいきかせる。

佐之助がゆっくりと向き直る。冷たい一瞥を直之進に注ぐと、だんと土を蹴った。おびただしい土埃がぱあっと舞いあがり、風があっという間にさらってゆく。

だが、すべての土埃が消えたわけではなかった。風がさらい残した土埃に隠れるように佐之助の姿が一瞬、見えなくなった。直之進は間合をはずされた気がした。

土埃を真っ二つに斬るように刀が胴に振られる。

いきなり刀があらわれた感じで面食らったが、直之進はかろうじて刀で受けとめ、ぐいっと佐之助の刀を押し返した。今度はこちらから攻勢に出るつもりでいた。

腕が拮抗している場合、やはり仕掛けていったほうが有利になる。それは今、佐之助が明かしたばかりだ。

直之進は、まだ消えきらない土埃のなかに足を踏みだした。そこに佐之助はいるはずだった。

だが姿が消えていた。なにっ。

下から刀が槍のように突きだされた。佐之助はかがみこんでいたのだ。

直之進は背をそらしてよけた。またも体勢を崩された。

佐之助がすばやく立ちあがり、刀を袈裟に振りおろしてきた。直之進は刀で受けたが、わずかにおくれ、佐之助の刀の刃先が軽く月代を打った。

皮膚の薄いところで、血が噴きだすように流れ出てきた。さっき鍔で切ったところはすでに出血はとまっていたが、今度は先ほどより深い傷だった。

流れだした血が額を伝い、眉毛を湿らせる。眉毛が吸いきれない血が目に入る。

しみた。痛いほどだ。

佐之助が横に動く。直之進はかすむ目でその動きを追ったが、佐之助のほうがはやく、あっさりその姿が見えなくなった。

直之進は適当に刀を振った。そんなので当たるはずがなかった。

刀に合わせて体をまわしたとき、いきなり佐之助が視野に飛びこんできた。姿勢を低くして突っこんできている。

袈裟斬りがきた。直之進はがっちりと受けとめた。

鍔迫り合いになる。頭からは血がどくどくと流れている感じで、頬にも伝いだしている。上唇にも流れてきて、鉄の味を直之進は感じた。

間近にいる佐之助が、そんな直之進を憐れむ目で見ている。くそ、と思ったが、今の直之進ではどうすることもできない。

ろくに剣の稽古をしていなかった自分を思いださざるを得ない。あまりに米田屋の商売に熱心になりすぎた。

だがあれはおもしろいからなあ。直之進は刀の押し合いをしながら、そんなことをぼんやりと思った。

はっとした。今はそんなことを考えている場合ではなかった。

今、俺は笑っていたのではないか。狼狽せざるを得なかったが、その思いをあらわすことなく佐之助を見直す。

佐之助は微妙な表情をしていた。直之進の顔に浮かんだ笑みに、薄気味悪いものを覚えたのかもしれない。

直之進は佐之助との鍔迫り合いを続けた。腕がじんとしびれてきた。だが先に離れるわけにはいかない。

そんなことをしたら、死地におちいるのははっきりしている。鍔迫り合いは先に離れたほうが負けなのだ。

それは佐之助も承知しているはずで、ぐいぐいと力まかせに押してくる。直之進は押されまいと必死に踏んばった。

佐之助が右腕に力をこめているのか、体をねじるようにしてきた。直之進も自然、右に体をねじる形になった。

なにをする気だ。直之進は佐之助を見つめた。

体がずれると同時に刀の位置も変わって、佐之助の顔がはっきりと見えた。いきなり佐之助が顔を突き動かした。

なんだ、と思う間もなかった。ごん、と音がし、直之進は目から火花が散った。

なんだ、どうした。一瞬、なにが起きたのかわからなかった。

頭突きをかまされたことを知ったのは、猛烈な痛みが頭を突き抜けてからだった。まさか鍔迫り合いの最中に、そんなことをしてくるとは。

しかも佐之助が狙ったのは、直之進の傷のところだった。いったんはかたまりかけた血が蓋をしていた傷が割れた。泉のように血が噴きだしはじめた。

直之進は血だらけになった。いったい俺は今どんな顔をしているのか。

そんなことを思っているうちに、佐之助がまた刀を打ちおろしてきた。

血のせいで、直之進にはその斬撃がはっきりとは見えなかった。あわてて刀を振りあげたが、そのとき足が草に取られたか、ずるっと滑った。

佐之助の刀は直之進の刀に当たり、勢いはそがれたが、刃は袈裟に入ってきた。直之進の着物を破り、鎖骨に触れたのがわかった。刃はさらに肉も切った。

そんなに深い傷ではないのはわかったが、直之進は完全に佐之助におくれを取っている自分を感じた。

まずいぞ。これでは本当に殺られてしまう。

だが、どうすることもできない。力は佐之助のほうが上なのだ。

いや、そんなことはない。直之進は認めたくなかった。自分より強い者がこの世にいるはずがない、と思うほど傲慢ではないが、佐之助に劣るというのはいやだった。

佐之助にだけは負けたくなかった。千勢のことが、あるいは関係しているのか。

直之進は力を振りしぼり、刀を振った。佐之助がよけ、右から刀を薙ぐ。

直之進は勘だけで打ち払った。

佐之助がずっとうしろに下がったのがかすかに見えた。距離を置いたのだ。どうしてなのか。さすがに攻勢をかけ続けてきて、疲れたのか。

そうかもしれない。直之進自身、心の臓が口からせりだしてきそうなほど胸が苦しい。息も荒くなっている。喉は焼けつくようだ。

佐之助もこうなのだろうか。いや、ちがう。やつには余裕が見える。

どのくらい直之進が弱ったものか、獣の目で見ているのだ。あとどのくらい攻撃を続ければ仕留められるか。

殺られてたまるか。直之進は気力を充実させようとした。ここで気持ちが萎えてしまったら、本当におしまいだ。

ふう、と佐之助が息を入れたのが見えた。大きく肩を上下させている。

なるほど、と直之進は安心した。やはりやつも疲れているのだ。

直之進は顔から垂れてきた血を舌でなめた。塩辛い。しかし、塩気のきいたその味がどこか元気を与えてくれた気がする。

そうか、俺は水を飲みたかったんだ。血をなめた程度で喉の渇きが癒されるはずもなかったが、今は血にうまさを感じた。

よし、やるぞ。直之進は気力が満ちてきたのを自覚した。

佐之助がそれをさとったのか、また突っこんできた。袈裟斬りにくる。

直之進はそれを弾き返した。佐之助が直之進の勢いに押されたようにうしろに下がる。

直之進は、今ならこちらのほうが上だ、と確信して足を前に進めた。刀を胴に振る。

それは空振りだった。佐之助が横に動いてなおも直之進から距離を取った。およそ四間ほどか。

その場で姿勢を低くするや、佐之助が駆けだした。犬のように四つんばいで走っているように見えた。

なんの真似だ。直之進は刀を正眼に構えたまま見守った。

ほんの一間まで来たところで、佐之助が鋭い気合とともにはね跳んだ。

これは、と直之進は思った。とらわれの身になった千勢を救うために恵太郎を木刀で殺した家で佐之助と戦ったとき、見せた跳躍と同じだ。

あのとき宙を飛ぶ佐之助を斬るのはたやすいと思ったものの、直之進は手をださなかった。罠と感じ取ったからだ。

これも同じだろうか。宙にいる佐之助は隙だらけに見える。

たっぷりと血を吸った蚊のような緩慢な動きに見え、叩き落とすのは造作もないことに感じられた。

死への道に足を踏み入れるかもしれぬ、と思いつつ直之進は誘惑に勝てなかった。こんな佐之助を見逃すわけにはいかない。

直之進は佐之助に向かって刀を振りあげた。

しかし、そこに佐之助はもはやいなかった。直之進が斬り捨てたのは幻だった。

佐之助はすでに地に足をつけていた。待っていたぜ。そんなささやきが直之進の耳元に届いた。

まずい。直之進は胴体を両断する風切り音をはっきりときいた。よけられない。絶望のなか、直之進は必死に刀を下げた。

がきん、と柄を刀が叩いた音がした。信じられなかったが、間に合ったのだ。

どうしてなのか。直之進はほとんど呆然としつつも、佐之助に向き直った。

佐之助は悔しげな顔をしている。どうやら、最も肝腎なところで草に足を取られたか、土に足を滑らせたかしたのだ。

直之進はこの機を逃したくなかった。渾身の策が草か土のために破れ、佐之助は動揺を隠せずにいる。

直之進は刀を袈裟に落とした。佐之助がはねあげる。直之進は胴を狙った。これも佐之助は弾いた。

直之進は逆胴に刀を振り、さらに逆袈裟に打ちおろした。いずれも佐之助は打ち返してきたが、やや刀の動きがおくれつつあるのに直之進は気づいた。

直之進の刀のはやさについてこられなくなってきつつある。絶好の機会が訪れつつあるのを直之進はさとった。

直之進は袈裟、胴、逆胴、胴、袈裟、逆袈裟とめまぐるしく刀を振るった。佐之助はすべて受けてみせたが、二度ほど受け損ねて体に傷をつくった。

もう少しだ。直之進は焼けつく喉で呼吸をしつつ、刀を振り続けた。もっとはやく、もっとはやく。直之進は念じた。

疲れは感じていない。疲れを通り越して、なにかが取りついているような感じになっている。体が自然に動いていた。頭から流れだしている血もまったく気にならなかった。

直之進は刀を無心に振った。今はもう相手が佐之助であることも忘れていた。

気がつくと、佐之助は目の前で刀を構えているものの、着物はずたずたになっていた。

まるでぼろ布を身にまとっているかのようだ。着物にはべっとりと血がつき、傷からあふれだした血はいくつかの筋となって足のほうにまで流れだしている。

佐之助はぜえぜえと荒い息を吐いている。それが、なにかの獣の息づかいのようにきこえた。

佐之助にはもう攻撃に出る力はない。ただよく光る瞳で、直之進を見つめているだけだ。

殺れる。そう思った瞬間、直之進は体がずいぶんと疲れているのを知った。こんなに重くなっているとは知らなかった。

いったいどのくらい戦い続けていたのか。おそらく四半刻そこそこだろうが、互いに死力を尽くしたために、これだけ疲れてしまっているのだ。

直之進は雑巾から最後のひとしずくをしぼりだすように、体にかすかに残っている力を刀に集めた。

よし、いけるぞ。直之進は確信し、佐之助に躍りかかった。刀を振りおろす。もはや佐之助に受けるだけの力はないはずだった。

佐之助がうしろに動いた。まだ動けることに直之進は軽い驚きを覚えたが、かまわず刀を胴に振り抜いた。

佐之助が跳躍して刀をかわしてみせた。直之進は攻撃にさらされると見て、刀を構え直した。

だが、佐之助は刀を振ってこなかった。その代わりに体をひるがえしてみせたのだ。

なにっ。意外だった。佐之助は駆けだしている。

直之進はしばらくなにもできずに見送ってしまった。はっと我に返り、追いかけはじめる。

だが、佐之助は相当の傷を負いながらも逃げ足ははやかった。

直之進自身、いくつも傷を負っており、佐之助を追い切れなかった。

それに、巣鴨村という田舎の街道といえども人の姿は多く、抜き身を手にして追いかけるのはさすがにやりにくい。

途中まで追って、直之進は足をとめざるを得なかった。

佐之助の姿はぐんぐん遠ざかり、やがて点の一つになった。その点は直之進が見守るうちに消えていった。

あそこまで追いつめて、とどめを刺せなかったのには悔いが残る。やつはあのくらいの傷でくたばるようなたまではない。

きっとまたいつか姿をあらわすだろう。そのときは、もっと強くなっているにちがいない。

禍根を残してしまった。

刀をだらりと下げて、直之進はため息をつくしかなかった。

九

情けなかった。

佐之助は逃げている自分が信じられなかった。

涙が出そうだ。いや、実際に出てきている。顔の血を流してくれていた。

それにしても、まさかこんなことになろうとは。

佐之助はうしろを振り返った。湯瀬も傷を負っている。追ってはきていない。

道を行く百姓や旅人、行商人たちが佐之助を見て一様にぎょっとした顔をし、あわてて道をあける。

負けた。負けちまった。

その思いしかない。

くそっ、どうしてこんなことに。

さらに涙が出てきた。こんなに涙が出るのは、恵太郎が死んだとき以来だ。

いや、恵太郎のときでもこんなに出なかったのではないか。

走りながら、佐之助はぐいっと涙を拳でぬぐった。

どこへ行くべきか。隠れ家か。

一つの顔が脳裏に浮かんだ。

行くのか。行っていいのか。自問したが、そこ以外、行くべき場所は思い浮かばなかった。

音羽町四丁目に入りこむ。射しこむ夕日をまともに受けている長屋の木戸には、甚右衛門店、と記されている。

この刻限なら、きっといるだろう。ふらふらになりつつも佐之助は路地を進んだ。幸いなことに、路地には誰もいなかった。

八つずつの店が路地をはさんで向かい合っている。佐之助は右側の四つ目の店に立った。

どんどん、と障子戸を乱暴に叩いた。

「はい」

千勢の声がきこえ、佐之助はほっとした思いにとらわれた。

「どなたでしょう」

佐之助は無言でいた。障子戸の向こうで千勢もなにも話さない。

「俺だ」

かすれ声で佐之助はいった。

「どなたです」

「俺だ」

心張り棒がはずされ、戸がかすかにあいた。佐之助はその隙間に手を突っこみ、強引に体をねじこませた。

「なにをするのです」

佐之助が土間に立った途端、千勢が叫び声をあげた。

「大きな声をだすな。こんな安普請の長屋、すぐに人が飛んでくるぞ」

そういいながら、佐之助は体から力のすべてがしぼりだされたのを感じた。

いつの間にか畳に倒れこんでいた。

「殺すなら殺せ。本望だ。湯瀬に知らせてもかまわんぞ」

千勢はどうするかな、と佐之助は薄れてゆく意識のなか、思った。

最後に目にしたのは、土間にたたずむ白い顔だった。


くたくただった。

なかなか小日向東古川町に着かない。

本来なら沼里の上屋敷に赴くべきだろうが、直之進の脳裏に浮かんだのは光右衛門やおきく、おれんの顔だった。

直之進は思うように動いてくれない足を必死に励まして米田屋を目指した。

あざやかな夕日に照らされた江戸の町が眺められた。延々と続く甍《いらか》の波が赤く染められている。町屋に寺、武家屋敷。

とても美しい、と直之進は思った。生きているからこそ目にできる光景だ。

歩くことを忘れ、直之進は知らず見とれていた。


米田屋の暖簾が見えてきた。

まるで亀の歩みだ。じりじりとしか暖簾は近づいてこない。

ようやく着いた。

大きく息をついて直之進は土間に入りこんだ。

「湯瀬さま」

畳敷きの上から声をあげたのは、おきくだ。

「やあ」

直之進は笑顔を見せたつもりだったが、おきくが奥に悲鳴のような声をかけた。

「おとっつあん」

光右衛門があわてて出てきた。

「湯瀬さま」

直之進の顔を見て、呆然としている。あとに続いたおれんも同じだ。

そういえば、と直之進は思いだした。もうとうにとまって乾いたようだが、頭は血まみれだったはずだ。

そうか、俺はこの顔で道を歩いてきたのだ。誰もが化け物を見るような目であわてていたのは当たり前だな。

「はやくあがってもらえ」

そういったのは琢ノ介だ。

「なんだ、琢ノ介、いたのか」

「おぬしが戻ってくるなら、ここだろうと思ってな」

「湯瀬さま、おあがりください」

光右衛門がいう。直之進はしたがった。

「医者を呼びます」

「いや、いい。たいしたことはない」

「たいしたことはございますよ」

光右衛門はおきくを走らせた。

直之進は着物を脱がされ、無理やり布団に寝かされた。光右衛門の布団だった。

「おぬしはいいのか」

「腰痛のほうも治りましたから」

「そうか」

横になっていると楽だった。このまま眠ってしまいそうだ。

医者がやってきて、眠るのは許されなかった。この前、又太郎を診た医者だ。てきぱきと手当をしてくれた。手当が終わったとき、体が軽くなったのを直之進は感じた。

「では、これで。お大事に」

医者が去ってゆく。

それを見送って、直之進はついに耐えきれなくなった。

まぶたが落ちる。目の前が闇に包まれ、なにも見えなくなった。


人の声がきこえる。

なんだろう、と直之進は目をあけた。

きれいな横顔が見えた。おきくだ。

「やあ」

直之進はほほえみかけた。米田屋に帰ってきたときとはちがい、今度はうまくいった確信があった。

「お目覚めですか」

「ああ。だいぶ寝ていたのかな」

「丸一日です」

「えっ、そんなにか」

「はい。あのあと、もう一度お医者が見えたんですよ」

そうなのか。一日寝ていたとは。

いいにおいがしている。味噌汁のにおいだ。ぐう、と腹が鳴った。

「いい音ではないか」

おきくとは逆のほうから声がした。少し痛かったが首を曲げると、琢ノ介がいた。箱膳を前にして、飯を食っている。

「おまえさんもいたのか」

「なんだ、邪魔か」

「まあな」

「なんだよ、せっかく用心棒についてやってたのに」

「用心棒？　どうして」

「だっておぬし、佐之助にやられたんだろうが。やつがいつ襲ってくるか、わからんではないか」

「馬鹿をいうな。倒せはしなかったが、勝ったのは俺だ。佐之助は逃げていった」

「本当か」

「嘘をいっても仕方あるまい」

「そりゃそうだろうが。へえ、さすがだな」

直之進が目を覚ましたことを知って、光右衛門とおれんもやってきた。

「直之進、とにかく生きていてよかったよ」

琢ノ介があらためて喜びを語る。

「本当に。よくぞ無事にお戻りくださいました」

おきくがいい、おれんも横でうなずく。

「湯瀬さま、怪我はいつ治りそうです」

光右衛門がきく。

「さあ、どうだろうな」

「春までには治りますか」

「きっと治ろう」

「でしたら」

光右衛門が喜色を満面に浮かべた。

「快気祝いにみんなで花見に行きましょう」

「それはいいな」

皆が無事を喜んでくれるのが、直之進はなによりもうれしかった。あたたかなものが胸に満ちてゆく。それは、これまでの武家暮らしでは得たことのないものだった。

俺はこの町で生きてゆく。

あらためて決意を胸に刻みつけ、そばにいてくれる四人を笑顔で見つめた。

この作品は双葉文庫のために書き下ろされました。

双葉文庫

す-08-04

口入屋用心棒《くちいれやようじんぼう》

夕焼《ゆうや》けの甍《いらか》

2006年5月20日　第1刷発行
2019年9月17日　第20刷発行

【著者】
鈴木英治《すずきえいじ》

【発行者】
箕浦克史

【発行所】
株式会社双葉社
〒162-8540 東京都新宿区東五軒町3番28号
［電話］03-5261-4818(営業)　03-5261-4833(編集)
www.futabasha.co.jp
（双葉社の書籍・コミックが買えます）

【印刷所】
株式会社新藤慶昌堂

【製本所】
株式会社若林製本工場

【表紙・扉絵】南伸坊
【フォーマット・デザイン】日下潤一
【フォーマットデジタル印字】飯塚隆士

ISBN4-575-66240-2 C0193
Printed in Japan

秋山香乃　からくり文左江戸夢奇談　風冴ゆる　長編時代小説〈書き下ろし〉

入れ歯職人の桜屋文左は、からくり師としても類まれな才能を持つ。その文左が、八百八町を震撼させる難事件に直面する。シリーズ第一弾。

井川香四郎　洗い屋十兵衛　江戸日和　逃がして候　長編時代小説〈書き下ろし〉

やむにやまれぬ事情を抱えたあなたの人生、洗い直します——素浪人、月丸十兵衛の人情闇裁き。書き下ろし連作時代小説シリーズ第一弾。

井川香四郎　洗い屋十兵衛　江戸日和　恋しのぶ　長編時代小説〈書き下ろし〉

辛い過去を消したい男と女にも、明日を生きる道は必ずある。我が子への想いを胸に秘めて島抜けした男の覚悟と哀切。シリーズ第二弾。

井川香四郎　洗い屋十兵衛　江戸日和　遠い陽炎　長編時代小説〈書き下ろし〉

今度ばかりは洗うわけにはいかない。番頭風の男は、十兵衛に大盗賊・雲切仁左衛門と名乗ったのだ……。好評シリーズ第三弾。

池波正太郎　熊田十兵衛の仇討ち　時代小説短編集

熊田十兵衛は父を闇討ちした山口小助を追って仇討ちの旅に出たが、苦難の旅の末に……。表題作ほか十一編の珠玉の短編を収録。

岡田秀文　本能寺六夜物語　連作時代短編集

本能寺の変より三十年後に集められた、事件に深く関わる六人は何を知っていたのか!?　第21回小説推理新人賞受賞作家の受賞後第一作。

片桐京介　信州上田藩足軽物語　忘れ花　幕末時代小説短編集

「武士ではあるが侍ではない」信州上田藩の足軽の悲哀と尊厳を、叙情溢れる筆致で描いた傑作短編時代小説。

佐伯泰英

居眠り磐音《いわね》　江戸双紙
驟雨《しゅうう》ノ町

長編時代小説〈書き下ろし〉

助力の礼にと招かれた今津屋吉右衛門らの案内役として下屋敷に向かった磐音は、父正睦より予期せぬことを明かされる。大好評シリーズ第十五弾。

佐伯泰英

居眠り磐音《いわね》　江戸双紙
螢火《ほたるび》ノ宿《しゅく》

長編時代小説〈書き下ろし〉

小田原脇本陣・小清水屋の長女お香奈と大塚左門が厄介事に巻き込まれる。一方、白鶴太夫にも思わぬ噂が……。大好評シリーズ第十六弾。

佐伯泰英

居眠り磐音《いわね》　江戸双紙
紅椿《べにつばき》ノ谷

長編時代小説〈書き下ろし〉

菊花薫る秋、両替商・今津屋吉右衛門とお佐紀の祝言に際し、花嫁行列の案内役を務めることになった磐音だが……。大好評シリーズ第十七弾。

坂岡真

照れ降れ長屋風聞帖
遠雷《えんらい》雨燕《あまつばめ》

長編時代小説〈書き下ろし〉

孝行者に奉行所から贈られる「青緡五貫文」。そのために遊女にされた女が心中を図る。裏には町役の企みが。好評シリーズ第三弾。

坂岡真

照れ降れ長屋風聞帖
富《とみ》の突留札《つきどめふだ》

長編時代小説〈書き下ろし〉

突留札の百五十両が、おまつ達に当たった。用心棒を頼まれた浅間三左衛門は、換金した帰り道で破落戸に襲われる。好評シリーズ第四弾。

坂岡真

照れ降れ長屋風聞帖
あやめ河岸

長編時代小説〈書き下ろし〉

浅間三左衛門の投句仲間で定廻り同心に戻った八尾半四郎が、花魁・小紫にからんだ魚問屋の死の真相を探る。好評シリーズ第五弾。

翔田寛

影踏み鬼

短編時代小説集

第22回小説推理新人賞受賞作家の力作。若き戯作者が耳にした誘拐劇の恐るべき顛末とは？表題作ほか、人間の業を描く全五編を収録。

鈴木英治

口入屋用心棒

逃げ水の坂

長編時代小説
〈書き下ろし〉

仔細あって木刀しか遣わない浪人、湯瀬直之進は、江戸小日向の口入屋・米田屋光右衛門の用心棒として雇われる。好評シリーズ第一弾。

鈴木英治

口入屋用心棒

匂い袋の宵

長編時代小説
〈書き下ろし〉

湯瀬直之進が口入屋の米田屋光右衛門から請けた仕事は、元旗本の将棋の相手をすることだったが……。好評シリーズ第二弾。

鈴木英治

口入屋用心棒

鹿威《ししおど》しの夢

長編時代小説
〈書き下ろし〉

探し当てた妻千勢から出奔の理由を知らされた直之進は、犯人の殺し屋、倉田佐之助の行方を追うが……。好評シリーズ第三弾。

高橋三千綱

右京之介助太刀始末

お江戸は爽快

晴朗長編時代小説

颯爽たる容姿に青空の如き笑顔。何処からともなく現れた若侍が、思わぬ奇策で悪を懲らしめる。痛快無比の傑作時代活劇見参!!

高橋三千綱

右京之介助太刀始末

お江戸の若様

晴朗長編時代小説

五年ぶりに江戸に戻った右京之介、放浪先での事件が発端で越前北浜藩の抜け荷に絡む事件に巻き込まれる。飄々とした若様の奇策とは?!

千野隆司

主税助《ちからのすけ》捕物暦

天狗斬り

長編時代小説
〈書き下ろし〉

島送りの罪人を乗せた唐丸駕籠が何者かに襲われ、捕縛に向かう主税助の前に、本所の大天狗と怖れられる浪人の姿が……。シリーズ第二弾。

千野隆司

主税助《ちからのすけ》捕物暦

麒麟《きりん》越え

長編時代小説
〈書き下ろし〉

「大身旗本の姫を知行地まで護衛せよ」が奉行から命じられた別御用だった。攫われた姫を追って敵の本拠地・麒麟谷へ！シリーズ第三弾。

築山桂
甲次郎浪華始末
雨宿り恋情《こいなさけ》
長編時代小説
〈書き下ろし〉
同心殺しを追う丹羽祥吾に手を貸す若狭屋甲次郎。事件は若狭屋の信乃まで巻き込んでしまう。好評シリーズ第三弾。

築山桂
甲次郎浪華始末
迷い雲
長編時代小説
〈書き下ろし〉
甲次郎は、同心丹羽祥吾とともに、失踪した美濃屋の一人娘と公家の御落胤騒動のつながりを探り出すが……。好評シリーズ第四弾。

鳥羽亮
はぐれ長屋の用心棒
迷い鶴
長編時代小説
〈書き下ろし〉
源九郎は武士にかどわかされかけた娘を助けた。過去の記憶も名前も思い出せない娘を襲う玄宗流の凶刃! シリーズ第六弾。

鳥羽亮
子連れ侍平十郎
上意討ち始末
長編時代小説
陸奥にある萩野藩を二分する政争に巻き込まれた、下級武士・長岡平十郎の悲哀と反骨をリリカルに描いた、シリーズ第一弾!

鳥羽亮
剣狼秋山要助
秘剣風哭
連作時代小説
〈文庫オリジナル〉
上州、武州の剣客や博徒から鬼秋山、喧嘩秋山と恐れられた男の、孤剣に賭けた凄絶な人生を描いた、これぞ「鳥羽時代小説」の原点。

中村彰彦
歴史浪漫紀行
座頭市から新選組まで
歴史ウオーキング
エッセイ
座頭市は二人いた!? 韓国に侵攻した秀吉が残した倭城、新選組の魂のルーツを求めて——直木賞作家が歴史の謎に迫る!!

花家圭太郎
無用庵日乗《にちじょう》
上野不忍《うえのしのばず》無縁坂
長編時代小説
〈書き下ろし〉
魚問屋の隠居・雁金屋治兵衛は、馬庭念流の遣い手・田代十兵衛と意気投合し、隠宅である無用庵に向かう。シリーズ第一弾。

藤井邦夫　知らぬが半兵衛手控帖　姿見橋　長編時代小説〈書き下ろし〉

「世の中には知らん顔をした方が良いことがある」と嘯く、北町奉行所臨時廻り同心白縫半兵衛が見せる人情裁き。シリーズ第一弾。

藤原緋沙子　藍染袴《あいぞめばかま》お匙帖　風光る　時代小説〈書き下ろし〉

医学館の教授方であった父の遺志を継いで治療院を開いた千鶴が、御家人の菊池求馬とともに難事件を解決する。好評シリーズ第一弾！

藤原緋沙子　藍染袴《あいぞめばかま》お匙帖　雁渡《かりわた》し　時代小説〈書き下ろし〉

押し込み強盗を働いた男が牢内で死んだ。牢医師も務める町医者千鶴の見立ては、烏頭による毒殺だったが……。好評シリーズ第二弾！

藤原緋沙子　藍染袴《あいぞめばかま》お匙帖　父子雲《ちちこぐも》　時代小説〈書き下ろし〉

シーボルトの護衛役が自害した。長崎で医術を学んでいたころ世話になった千鶴は、シーボルトが上京すると知って……。シリーズ第三弾！

細谷正充・編　時代推理小説傑作選　大江戸犯科帖　時代推理小説集

江戸の町で繰り広げられる数々の事件と悲喜こもごもの人間模様。稀代の作家、松本清張・戸板康二・新田次郎など十一人の傑作選。

松本賢吾　はみだし同心人情剣　片恋十手　長編時代小説〈書き下ろし〉

南町奉行所内与力の神永駒次郎は、員数外のはぐれ者だが、大岡越前の直轄で捜査を行う重要な役割をになっていた。シリーズ第一弾。

松本賢吾　はみだし同心人情剣　忍恋《しのぶこい》十手　長編時代小説〈書き下ろし〉

吉宗の御落胤を騙る天一坊が大坂に現れた。事態を危惧する大岡忠相に調査を命じられた駒次郎の活躍は⁉　好評シリーズ第二弾！